MANOLITO GAFOTAS

LOS TRAPOS SUCIOS

ELVIRA LINDO

www.alfaguara.com/manolito

MANOLITO GAFOTAS

LOS TRAPOS SUCIOS

ELVIRA LINDO

ILUSTRACIONES DE
EMILIO URBERUAGA

ALFAGUARA

Torrelaguna, 60. 28043 Madrid
Teléfono 91 744 90 60

Editora: Elena Fernández-Arias Almagro
Dirección técnica: Víctor Benayas
Diseño de colección: Juan Pablo Rada

Aguilar, Altea, Taurus, Alfaguara, S. A. de Ediciones
Beazley, 3860. 1437 Buenos Aires

Editorial Santillana, S. A. de C.V.
Av. Universidad, 767. Col. del Valle, México, D.F. C.P. 03100

Distribuidora y Editora Aguilar, Altea, Taurus, Alfaguara, S.A.
Calle 80, nº 10-23
Santafé de Bogotá-Colombia

I.S.B.N.: 84-204-4185-6
D.L.: M-33.944-2001
Printed in Spain / Impreso en España por
Rógar, S. A. Navalcarnero (Madrid)

5ª edición: agosto, 2001

Para mi amigo
Arturo Muñoz Vico,
porque es único en su género.

El otro día, la madre de Óscar Mayer le dijo a la mía en la carnicería:

—Le voy a comprar a mi Óscar un ordenador portátil para que escriba su vida. Al fin y al cabo, lo que cuenta tu Manolito tampoco es nada del otro mundo.

—Muy bien, pero tendrás que arriesgarte. Mi Manolito tuvo que confesar desde el principio que a él le llaman el Gafotas, el tuyo tendrá que firmar como Óscar Mayer con letras bien grandes.

—De eso nada, él se llama Óscar Sandoval.

Y mi madre le dejó bien clarito:

—Reconócelo, como Óscar Sandoval no lo conoce nadie en Carabanchel (Alto).

Y todas las señoras dijeron a coro:

—¡Reconócelo, reconócelo!

Así es la vida en mi barrio, nos encanta tirarnos las verdades a la cara, aquí nadie puede engañar a nadie.

Mi amigo Óscar Mayer nunca escribirá su vida porque su madre no le va a dejar que empiece su autobiografía diciendo: "Me llamo Óscar Sandoval, pero todos mis amigos me conocen como Óscar Mayer, el rey de las salchichas".

Y es que para escribir una autobiografía hay que tener mucho valor. Cada vez que aparece un nuevo tomo de la gran enciclopedia de mi vida yo salgo a la calle superavergonzado, porque todo el mundo se entera de nuestras intimidades íntimas, no sólo yo, a mi madre le da vergüenza ir al mercado y que Martín, el pescadero, le diga:

—Pero Catalina, no le pegue usted esas collejas al Manolito, que luego no le rinde en la escuela.

—Eso —le dice otra señora aprovechona—, yo al mío, si le tengo que dar le doy en el culo y con la zapatilla, para no hacerle daño a él y para no hacerme daño yo.

A mi padre, en los bares de carretera, los camareros le preguntan:

—Manolo, ¿y cuánto dice tu Manolito que te queda para acabar de pagar el camión?

A la Luisa tampoco le gusta que todo el mundo sepa que Bernabé es propenso a los gases y que tiene peluquín. Mi madre la intenta conformar:

—Pero, mujer, cómo no van a saber que tiene peluquín si los domingos se pone uno de distinto color; y lo de los gases... el que más y el que menos...

A mi abuelo le trae al fresco que se desvelen todos sus secretos:

—Y a mí qué me importa que sepan que la dentadura es postiza, que estoy de la próstata, que ronco como una

morsa y que me paso el día en el Tropezón... Desde que las viejarracas del Hogar del Pensionista saben todos mis defectos acuden a mí como moscas. Ahora gusto mucho más que antes, cuando pensaban que era el típico viejo perfecto.

El Imbécil también está contento, aunque no le gustó nada que en el segundo tomo desvelara su verdadero nombre. Él quiere seguir siendo el clásico niño de cuatro años con un misterio que ocultar.

Pero bueno, aunque Óscar Mayer estuviera dispuesto a contar las cosas más vergonzosas de su vida no le bastaría con tener un ordenador portátil donde escribirlo, porque la verdad verdadera es que yo nunca he escrito esto que estás leyendo. La que lo escribe es la mujer esa que firma en la primera página. Me conoció hace unos años, estuvo buscando niños por toda la extensión planetaria y me acabó eligiendo a mí. Vino a mi casa, puso un casete encima de la mesa y empezó a sonsacarme sin piedad. Mientras, ella se ponía morada a comer todos los bollos que mi madre había subido de la panadería de la Porfiria. Mi madre y la Luisa la observaban de refilón. Cuando se fue, la Luisa dijo:

—¡Lo que come...!

Yo le conté a la mujer esa muchas cosas, algunas, según mi madre, que jamás le debería haber contado. Lo bueno es que los García Moreno nos hemos hecho mundialmente famosos, y lo malo es que eso no nos ha servido para nada, porque no nos ha dado nada de dinero, aunque hay quien dice que ella sí que se ha hecho inmensamente rica con los dólares que ha ganado con mis historias.

Hace poco llamó por teléfono. Mi madre dijo:

—Aquí está, viene a llenarse otra vez los bolsillos.

Esta vez quedamos en el Tropezón. Allí estábamos mi madre, la Luisa, mi abuelo, yo y el Imbécil... y el casete, como siempre, en medio de la mesa. La mujer esa de la portada les dijo a mi madre y a la Luisa que si podían sentarse en otra mesa:

—Para que el niño no esté cohibido...

Y cuando estuvimos solos, frente a frente, la mujer me dijo que tenía que contar lo que nunca había contado de las interioridades de mi familia y mis conocidos. Me dijo que nuestras historias competían con los realitichous de la tele, con las películas de sexo y violencia, con la carnaza.

—Tienes que contarme los trapos sucios.

—Bueno, pero con una condición...

—¿Cuál? Cumpliré lo que sea —dijo la mujer en aquellos momentos de alta tensión ambiental.

—Que mi nombre vaya más grande que el tuyo en la portada, y que el tuyo vaya muy chico para que la gente crea que el libro lo he escrito yo. Eso o nada.

Ella se lo pensó durante cinco malditos minutos.

—Bueno, de acuerdo.

También le pedí que mi nombre fuera en letras luminosas que se encendieran y se apagaran, pero me dijo que eso era tecnológicamente imposible.

Entonces, tomé un trago de mi segundo whisky (bueno, mi segunda Coca-Cola) y empecé a contarle esos capítulos de mi historia que jamás habían salido más allá de los muros de Carabanchel (Alto) y que ahora tienes delante de tus ojos. Mi abuelo me ha dicho, por consolarme:

—No te preocupes, Manolito, no conozco una familia que no tenga trapos sucios que ocultar.

Tienes que contarme los trapos sucios.

La mujer esa se fue con el casete y al cabo del tiempo me ha mandado este libro, que es el cuarto.

No sé si volverá porque cuando a las tres horas de estar grabando, se acercó a la barra para pagar la cuenta el señor Ezequiel le dijo:

—Once mil pesetas.

Y es que, sin que ella se diera cuenta, se fueron apuntando a la invitación mi padre, Bernabé, el abuelo de Yihad, Yihad, el Orejones, Melody Martínez, la Susana, el novio de la madre del Orejones, la madre del Ore, la Porfiria, la sita, Mostaza, la Melani, Jessica la ex gorda, Paquito Medina y la Boni (que se comió unas gambas). La mujer se quedó sin respiración y, sin decir casi ni adiós, salió del Tropezón.

—¿Se habrá enfadado? —le pregunté yo a mi madre.

—Si se enfada que se enfade, de alguna forma nos tenía que agradecer que se gana la vida gracias a nosotros.

Y los protagonistas de este terrible libro brindamos sin acordarnos ni un minuto más de ella.

CAPÍTULO UNO

Los piolines

Si tienes la idea de que soy un ser maravilloso, no leas este capítulo. En serio, si no lo lees tienes la oportunidad de seguir teniéndome por un niño excepcional; si lo lees... sabrás quién se esconde detrás de este Manolito pluscuamperfecto. Como aquellas tías buenísimas que salían en la serie *V*, que ocultaban tras sus caretas de mujeres perfectas sus verdaderos rostros: los de unas lagartas.

¿Por qué cuento entonces un capítulo que puede destrozar mi imagen pública? Para que veas que tengo mis defectos, que soy un ser humano, y casi todos los seres humanos que conozco tienen unos defectos mucho más grandes que sus virtudes. Menos Paquito Medina que, como siempre, es un caso aparte en la historia de nuestra especie.

Empezaré por el principio de los tiempos: el principio de los tiempos de esta terrible historia es el 23 de enero, que es el día en que, completamente engañado, me llevaron a un hospital (sólo les faltó ponerme una venda, como a los secuestrados) y me colocaron delante de una cuna para que conociera a ese extraño ser con el que comparto mi vida: el Imbécil. Lo malo es que esa fecha se repite todos los años. Todos los años, el Imbécil cumple años, y cada año que pasa, te soy sincero, yo lo llevo peor. Al principio, cuando el Imbécil tenía un año o dos, sólo le regalaban trajecitos o ratoncitos de goma de ésos que pitan. Yo me reía para mis adentros: "Ja, ja, ja, cómo le engañan con cualquier cosa".

Pero desde que el Imbécil cumplió los cuatro años, quiere apagar las velas, como yo, que le canten el cumpleaños feliz, como a mí, e invitar a gente, y no se corta ni un pelo a la hora de pedir por esa boquita los regalos que quiere. Todo esto ha supuesto un duro golpe para mí, porque dime una cosa: ¿Qué cara se supone que debo poner yo viendo cómo mi hermano es el centro de la fiesta? Encima tengo que disimular, porque mi madre se pone atacada cuando yo me mosqueo por estas cosas y me llama celoso-asqueroso, y cosas peores que no puedo poner en este libro tan fino.

Una semana antes de que llegara el cumpleaños del Imbécil, mi madre y yo fuimos al híper a comprarle los regalos. Mi madre estaba empeñada en que yo le comprara un regalo a mi hermano con mi propio dinero para demostrarle todo el cariño que le tengo. Abrí las tripas de mi cerdo-hucha y conté mis ahorros: tenía tres mil doscientas pesetas. Estuve mucho rato delante del dinero. Al final decidí que cogería doscientas pesetas para el regalo, porque lo importante, me dije a mí mismo, es el detalle, no el dinero que nos haya costado el regalo. Era un buen razonamiento, no me digas.

Como siempre, el Imbécil se había pedido un muñeco de Fétido, su personaje favorito de la familia Addams. Ni lo buscamos, ya hemos hecho bastante el ridículo en otras ocasiones. Mi madre decidió que yo le regalara la película y que ella le compraría la Barbie voladora *Sky-dancer* y una pistola de ventosas. Con la *Sky-dancer* el Imbécil ha llegado a tener una colección de cinco Barbies. Las cuatro anteriores las quería para jugar a los bolos y la Barbie Voladora la quiere para lanzarla por los aires, y cuando está sobrevolando el mueble-bar con sus alitas de hélice, la derriba con la pistola de ventosas. En algunos casos, el Imbécil utiliza las Barbies para darnos en la cabeza cuando le llevamos la contraria. A mí una vez casi me saca un ojo con la Barbie Corazón porque no le dejaba el mando a distancia. Como verás, les saca mucho más partido a las Barbies que el que te venden en los anuncios de la tele.

Le compramos la Barbie y la pistola de ventosas y fuimos a comprarle el vídeo de la familia Addams. Nosotros no tenemos vídeo, pero la Luisa nos deja utilizar el suyo siempre que sea en presencia de su abogado, porque ya se lo hemos estropeado varias veces. Cuando íbamos a pagar saqué las doscientas pesetas del bolsillo.

—¿No pensarás que con esto se paga el vídeo? —me dijo mi madre con esa cara que pone cuando estamos a punto de tenerla.

—¡Qué inocentes son los niños! —dijo el dependiente.

—¡Inocente éste, un roñoso, eso es lo que es!

Mi madre no se corta a la hora de ponerme verde delante de extraños, incluso creo que disfruta.

—Es que... no he podido sacarle más al cerdo...

Mi madre no sabe que mi cerdo tiene una tapadera secreta debajo de la tripa que yo abro y cierro cada cinco minutos.

—Dame las doscientas pesetas —dijo mi madre extendiendo la mano—, yo te pongo el resto, pero en cuanto lleguemos a casa ya puedes ingeniártelas para sacarle al cerdo el resto.

—Y todo porque es el cumpleaños del Imbécil, si llega a ser el mío no te preocuparías tanto... —le dije yo sabiendo que con esa frase me la estaba jugando.

—Voy a hacer como que no te he oído para no cruzarte la cara delante de este señor.

El dependiente nos cobró y se quedó mirándonos con una sonrisa extraña. Mi madre echó a andar y el dependiente me preguntó en voz baja:

—¿Quién es el Imbécil?

—Mi hermano.

—Ah... —el dependiente se quedó como pensando—. Entonces será mejor que no pregunte quién es el cerdo.

Yo tampoco se lo aclaré porque me fui corriendo detrás de mi madre, que ya se había perdido entre las estanterías del híper. Estaba en la carnicería. No parecía que le preocupara mucho perderme porque ya estaba con los dientes largos mirando todas aquellas carnes crudas. La verdad, no sé cómo alguien puede mirar un trozo de carne sangrienta y decir:

—Qué buena pinta tiene ese añojo de primera...

Yo creo que mi madre ve una vaca por el campo y piensa: "Qué buena menestra" o "Con la parte del contramuslo les haría a los niños esta noche unas hamburguesas". A veces he pensado que si metieran a mi madre en una máquina del tiempo y la trasladaran a la época de las cavernas, antes de la invención del fuego, no tendría ningún problema en adaptarse, se le haría la boca agua viendo a cualquier animal prehistórico que pasara de casualidad por delante de su cueva. Y esto no lo digo por criticar, es una información completamente objetiva.

La tarde de compras fue muy dura en todos los sentidos. Mi madre no me quiso comprar a mí ni una pequeña tontería para compensar el enorme trauma que siento siempre que los regalos son para los demás.

—Pareces un niño chico —me dijo.

Lo malo de tener un hermano pequeño es que tus padres te tratan como si tuvieras ochenta años.

Encima, luego quiso que nos pusiéramos a la cola en que envuelven los paquetes para regalo.

—¿Para qué, si a él le da... igual?

El final de la frase lo dije muy bajito porque mi madre me dirigió una mirada de ésas que te dejan completamente fosilizado. Como para que te estudien paleontólogos de todo el mundo.

Cuando íbamos a salir, me miró un momento y se ve que le entró un ramalazo de compasión hacia su pobre hijo de ochenta años y dijo:

—Anda, que te compro una hamburguesa.

A mí me entró un ramalazo de cariño. Ya ves, en el fondo estamos llenos de buenos sentimientos.

Mi madre dijo que no quería nada. Es lo que dice siempre desde que mi padre le regaló para su cumpleaños una báscula parlante que cada mañana le dice: "Pesa usted sesenta y dos kilos con cuatrocientos gramos". Y ella insulta a la báscula parlante con unas palabras que no puedo repetir porque hay niños delante. Entonces, casi nunca pide nada en las cafeterías, lo que hace es mirarte con cara de sufrimiento y empezar a picotear de lo tuyo. Poco a poco me fue robando todas las patatas fritas.

—Jo, mamá...

—Si sólo te cojo tres o cuatro...

No me digas que no tengo paciencia con ella.

Intenté entablar una conversación para que pareciéramos una madre y un hijo que había visto hacía poco en una película que echaron en la tele. Una madre y un hijo que comían las patatas con la boca abierta y no hacían más que reírse. Quise ser así de feliz. Hundí una patata en todo el tomatazo y dije:

—Lo bueno de no traer a la hamburguesería al Imbécil es que no lo pone todo perdido.

Dicho esto, le ofrecí la patata, que era, por cierto, la mejor patata, la más gorda de la bolsa. Se la ofrecí como quien ofrece una flor. El detalle se me estropeó porque ella fue a cogerla con una sonrisa enternecida, nos hicimos un lío entre yo, que daba, y ella, que cogía; total, que la patata voló a su blusa dejándole en el corazón una mancha terrible de tomatazo.

—Ahí va, parece que te han dado un tiro.

A ella no le habían dado un tiro pero a mí sí que me dieron una colleja que me estampó la patata que tenía en la otra mano contra mi chándal.

—Vaya tarde que me estás dando, hijo mío.

Que conste que si hubiera justicia en este mundo, yo hubiera tenido derecho a devolverle la colleja, ya que ahora era ella la que me había tirado la patata en mi chándal y así podríamos haber estado dándonos collejas y tirándonos las patatas encima. El gordo y el flaco le hubieran sacado mucho partido a esta simpática situación, pero a mi madre sólo le gusta el cine de amor.

Llegamos a casa con cara de grandes enemigos y tuve que soportar oír cómo mi madre contaba su versión sobre la tarde que habíamos pasado. Hasta a mí llegó a convencerme de que había un Manolito completamente insufrible escondido debajo de mi piel. Menos mal que mi abuelo dijo, como siempre:

—No será para tanto, Cata.

Al día siguiente, a las ocho de la mañana, noté cómo un cuerpo frío y babeante me tocaba un ojo. Lo abrí: era el Imbécil que me estaba dando con su chupete en la cara para despertarme. No te creas que tiene la delicadeza de secar un poquillo el chupete que se saca de la boca.

—El nene cumple cuatro, ¿y Manolito?

El Imbécil se piensa que todo lo que le pasa a él tiene que pasarme a mí, y no hay quien le saque de eso.

—Manolito ninguno.

Puso el chupete en el ojo de mi abuelo:

—El nene cumple cuatro y Manolito cumple ninguno.

Mi abuelo levantó al bebé gigantesco y lo metió con nosotros en la cama. Yo no tenía ganas de nada, pero tuve que acabar riéndome porque los pedos mañaneros del Imbécil tienen música, te lo juro, y hay veces que se puede distinguir el estribillo de alguna canción, como *Macarena* o *Campana sobre campana*. No me digas cómo lo consigue. Mi madre ha estado muchas veces a punto de llamar a científicos de todo el mundo para que estudien este extraño fenómeno, pero los García Moreno tampoco queremos pasar a la Historia como el eslabón perdido entre el cerdo y el hombre.

Así que ya te digo: me reí. Intenté que se me pasara la rabia podrida que me daba esa fiesta de cumpleaños que se celebraría por la tarde. Pensé en que lo bueno que tenía el cumpleaños es que no volvería a producirse hasta dentro de un año.

A la salida del colegio mi abuelo y yo tuvimos que traernos a los dos invitados del Imbécil: la Melanie (que es hermana de Mostaza) y Zeus, su compañero de preescolar, tristemente conocido porque se come los mocos. Éste es el tipo de informaciones que nos da el Imbécil sobre su clase a la hora de la comida:

—Zeus se come los mocos... La Melanie ha hecho pis en mi banqueta... Aarón Martínez vomitó a la seño... El nene hizo caca suelta.

Cuando lleva cuatro frases como éstas se te hace un nudo en el estómago y se te quitan las ganas de comer, te lo juro. Sin embargo, mi madre hurga más en la herida y a menudo pregunta:

—Pero, ¿cómo de suelta era la caca, cielo mío, como el puré o como el gazpacho?

—La caca del nene como el puré.

Ésas son nuestras conversaciones a la hora de comer desde que el Imbécil empezó en la escuela. La cosa puede hacerse más dramática si encima está la Luisa:

—Pero... ¿como un puré de lentejas o un puré de patatas?

—La caca del nene como...

Hay una expectación que se masca en el ambiente. El Imbécil se lo piensa tranquilamente y suelta:

—Puré de lentejas.

Esto venía porque yo estoy al corriente de todos los trapos sucios de los compañeros del Imbécil. Así que debo confesar que cuando fuimos a cruzar la calle intenté por todos los medios que Zeus no me cogiera de la mano, pero Zeus me adora y se vino corriendo a mi lado, qué le vamos a hacer.

Al subir para mi casa, el Imbécil y la Melanie se empujaron varias veces peleándose por ir los primeros en la escalera. Más de una vez tuvimos que frenarlos para que no se dieran con la cabeza contra los escalones. Me estaban poniendo cardiaco. Entre ellos y Zeus, que en cuanto me descuidaba se sacaba un moco y abría la boca, no daba abasto. Me puse tan nervioso que le di un cachete en la mano donde iba el moco y le dije:

—Que no se comen, *joé.*

Entonces Zeus se quedó mirando el moco y luego me miró a mí como preguntándome: "¿Entonces qué hago con él?". La pregunta estaba en el aire: ¿qué hace uno con un moco una vez que el moco ya ha sido extraído de la nariz? Zeus lo fue a pegar en la pared, pero yo le sujeté la mano antes de que lo hiciera:

—No, cómetelo mejor.

Zeus se lo comió como la cosa más normal de mundo. La verdad, prefería que se lo comiera a encontrarme el moco todas las veces que subiera o bajara la escalera. Me conozco: me hubiera obsesionado con el moco de Zeus y tendría que pasar por ese tramo con los ojos cerrados. Estoy de psiquiatra.

Mi madre había tirado la casa por la ventana, estaba todo lleno de globos y el mueble-bar lleno de regalos. Mi padre había venido del trabajo, y eso que era martes y los martes no duerme en casa. La verdad, aunque me había propuesto no comerme el tarro con el cumpleaños, tantos detalles con el Imbécil me estaban atacando.

El Imbécil abrió los paquetes: la *Sky-dancer,* la pistola, la película, dos monstruos que le había traído mi padre, un disfraz del Zorro que le regaló la Luisa, un chándal de Piolín de parte de mi abuelo. ¡Parecían los Reyes! Menos mal que la cosa se estropeó un poco porque después de cantar el *Cumpleaños* el Imbécil dijo que no quería que la Melanie comiera tarta. La Melanie montó en cólera, le quitó al Imbécil el chupete de la boca, fue a la terraza y se lo tiró por la ventana. El Imbécil se puso a llorar como si le estuvieran torturando cruelmente y tiró la mochila de la Melanie por la misma ventana. Zeus, sin inmutarse, se sacó un moco gigantesco. Yo pensé para mis adentros: "Que se lo coma, por Dios, que se lo coma". Se lo comió. Bernabé bajó corriendo a la calle a recuperar el chupete del Imbécil (era su chupete preferido) y la mochila de la Melanie. Mi madre gritó: "¡Con estos niños no se puede!" Y yo pensé: "¿Por qué dice "con éstos" si el único que la ha montado ha sido el Imbécil?", porque sé muy bien cuando hay collejas sobrevolando nuestras cabezas. Cuando la Melanie y el Imbécil tuvieron en su poder sus cosas arrojadas por la ventana, Bernabé consiguió que se dieran un beso. Se lo dieron al aire.

El Imbécil no quiso que los juguetes se sacaran de sus cajas. Sus amigos sólo los pudieron mirar.

—¡No se tocan! —gritaba el Imbécil cada vez que uno de los dos acercaba un dedo.

Así que los tres se sentaron en el sofá sin saber muy bien lo que hacer. Bernabé y mi padre les cantaban canciones, pero ellos no seguían ni una. Hasta que dijo mi padre:

—¡Pues que les zurzan!

Y se bajó con Bernabé al Tropezón.

Cuando por fin se llevaron a la Melanie y a Zeus, el Imbécil me llevó al mueble-bar y abrió las cajas de su *Skydancer* y de su pistola.

—Mira, por fin se ha decidido el niño a jugar con sus regalos —le dijo mi madre a la Luisa.

—El nene sólo quiere con Manolito —dijo el Imbécil.

—Qué raros que son, hija mía —dijo mi madre con mucha pena de ser nuestra madre—. Ni juntos, ni separados.

El Imbécil era un maestro disparando a la *Sky-dancer.* Yo se la hacía volar y él se escondía detrás de un sillón como se esconden los pistoleros de las películas. Asomaba la cabeza y disparaba. No fallaba ni una. En una de ésas, la *Sky-dancer* se fue contra un ojo de la Luisa y mi madre decidió que había llegado el momento de que nos fuéramos a la cama. Por la noche siempre es así, sabes que si tienes un pequeño fallo corres el peligro de que te quiten de en medio mandándote a dormir.

Cuando se acostó mi abuelo, yo le hice la pregunta que llevaba barruntando toda la tarde:

—¿Por qué le has regalado al Imbécil ese chándal si sabes que yo también lo quería?

—Tú ya eres muy grande para Piolín, yo te compraré otro para chico mayor cuando sea tu cumpleaños. De los dinosaurios, de Manostijeras...

Mi abuelo bostezó.

—Manolito, ven aquí con tu abuelo y deja de pensar, que piensas mucho. Todo el día nada más que pensando y pensando.

Él se durmió y yo me quedé nada más que pensando y pensando. Primero pensé en que me daba rabia que mi abuelo me dijera que el chándal de Piolín ya no era para mí, me daba una rabia rabiosa que me dijeran continuamente que yo ya era muy grande para eso. Pero a mí me gustaba mucho Piolín en su columpio, tan amarillo sobre el chándal verde. Y pensando y pensando le empecé a dar vueltas a lo de la suma: ¿cuánto se habrían gastado en el Imbécil? Me daba la impresión de que le habían hecho muchos más regalos que a mí. Intenté acordarme del precio de cada cosa y sumarlo al otro, pero se me caían los ojos y me bailaban las cifras en el cerebro. Bueno, ya lo dejaría para el día siguiente. Pero... ¿y si mi madre tiraba los paquetes antes de que yo me levantara?

Cogí mi linterna, salí al salón de puntillas y llegué hasta los paquetes. Me apunté en un papelillo:

Sky-dancer 3.500
Pistola 2.000
Familia Addams .... 2.500...

Y así fui juntando los precios de todos los regalos, que habían sido en total ¡siete! Me guardé las pruebas del delito dentro del calzoncillo y me fui como un ladrón con su botín hasta la cama. Por el camino, el dedo meñique del pie se me quedó enganchado en el sillón. ¡Ayyyyy! Casi me muero. Pero en esas circunstancias no podía gritar ni quejarme, así que cojeando me metí en la cama. Sonriendo por mi hazaña, pensé por último: “Mañana hago mi suma”. Y digo que lo pensé por último porque ya no me acuerdo de más.

Al día siguiente, me levanté y se me había olvidado la famosa cuenta. Así soy yo: un obseso al que se le olvidan sus obsesiones. Fui al váter a hacer pis (para mí ése es uno de los mejores momentos de la vida), y al ir a bajarme el calzoncillo, el papel se cayó dentro de la taza.

—¿Qué es eso? —me pregunté a mí mismo.

Y al acordarme, me di una torta en la cabeza que casi me salto las gafas. ¡La cuenta! ¿Merecía la pena meter la mano en el váter? Pienso tan lentamente cuando me despierto por las mañanas que no me había decidido todavía cuando me di cuenta de que los números se estaban borrando. Bueno, pues nada. Meé encima de las pruebas del delito y pensé: “Esa suma era un mal rollo, que se vaya al vertedero”. Salí del váter dispuesto a ser un nuevo Manolito: generoso, her-

Cogí mi linterna, salí al salón de puntillas y llegué hasta los paquetes.

mano de sus hermanos, amigos de sus amigos, hijo de su madre...

El Imbécil estaba ya sentado en la mesa, lleno de servilletas por todas partes menos por la cabeza, y eso que en muchas ocasiones se ha manchado el pelo con Cola Cao, porque se suele rascar la cabeza con la cuchara. Teníamos todavía un trozo de tarta del cumpleaños. Mi madre fue a meter la cuchara, pero el Imbécil la paró con la suya:

—La tarta para el nene y Manolito.

Qué puntazos tiene. Intenté que la risa sólo me diera por dentro, pero me acabó saliendo fuera de la boca. Es que a veces tengo que reconocer que el Imbécil tiene golpes buenísimos.

—¿Has visto, Manolito, lo que te quiere tu hermano? Para que luego siempre te estés quejando de él. Con lo infeliz que es el pobrecillo, que siempre te lo está dando todo.

Esta charla mañanera me hizo olvidar a ese nuevo Manolito lleno de buenos sentimientos que me había propuesto ser. De repente vi que en el mueble-bar seguían los paquetes de los regalos. Me tomé rápido el desayuno y disimuladamente me acerqué con un lápiz a tomar los datos de la suma asesina.

Nos fuimos para la escuela mi abuelo, yo y el Imbécil. Llevábamos, como siempre, al Imbécil en medio, cada uno cogiéndole de una mano. Y, como siempre, iba saltando y colgándose de nosotros, llenándonos del barrazo que se monta en el parque del Ahorcado en invierno. Además, se había puesto la pistola de ventosas en la goma del pantalón y se le iba cayendo a cada momento. Fue un camino interminable. Cuando lo dejé en la puerta de su clase, las piernas de su chándal de Piolín estaban negras.

—Acuérdate que el bollo no se come hasta el recreo. No te pegues con la Melanie. No les tires las ventosas a los niños y si te piden alguna vez la pistola, déjala, no seas egoísta.

Al decirle yo esto, el Imbécil me dio la pistola:

—Toma.

—¡Que no, para mí no, para los niños!

—Los niños rompen la pistola del nene.

—Que no la rompen, no seas así.

La señorita del Imbécil salió a la puerta:

—Y esta mañana, ¿qué os pasa?

Me lo dijo con una de sus sonrisas superespeciales. En ese momento pensé que algún día lejano me casaría con ella. Pero pensé un instante después que, a lo mejor, dentro de quince años se habría transformado y se volvería como mi sita Asunción, con su verruga correspondiente.

—Le digo que... tiene que dejar su pistola nueva a sus amigos —dije yo saliendo de mis horribles pensamientos.

—No te preocupes —dijo la supersita—, ya aprenderá. Tiene de quien aprender a ser generoso.

¡Uf! Me hice todo el recorrido de la clase del Imbécil a la mía sin rozar el suelo, levitando por el pasillo, y con la cara completamente roja. Te lo juro. Me suele ocurrir cada vez que ella me habla. El tiempo que duró ese recorrido fui una gran persona gracias a la influencia de supersita, pero, claro, en cuanto entré a la clase y vi a mi sita volví a tocar el suelo y volvieron a inundarme los malos sentimientos.

La sita había decidido empezar el día con unas cuentas de ésas que te dejan el cerebro estropeado para todo el día. Así que me saqué el papelillo de la información secreta, al que a partir de ahora llamaremos "información S.S." (por suma y por secreta), y escribí las cantidades de los regalos del Imbécil. La sita no podía notar que yo estaba haciendo una S.S. entre las doce cuentas que ella nos había puesto. El resultado de la S.S. fue éste: 12.586 pesetas.

Entonces, me puse a hacer memoria y a acordarme de lo que me habían regalado a mí para mi cumpleaños. Como mucho, como mucho, se habían gastado 10.000 pesetas, porque hay que tener en cuenta que, además, no recibo regalos de amigos, ya que, como sabes, la primera mala suerte de mi vida fue la de nacer el 10 de agosto.

Seguí haciendo las otras cuentas sin ganas. Estaba bastante triste por mi descubrimiento. ¿Y ahora qué? Seguro que si iba a mi madre con el rollo de las cuentas encima se pondría como una loca a insultarme sin piedad (ya sabes, celoso-asqueroso).

Por el camino fui casi todo el rato callado. Mi abuelo dijo:

—Manolito, Manolito, no quiero ni pensar en lo que estarás pensando.

No sé si te he dicho alguna vez que mi abuelo tiene la habilidad de leerme el pensamiento cerebral. Como verás, somos una familia con bastantes habilidades paranormales: mi abuelo lee el pensamiento, yo levito...

El silencio me duró toda la comida. Mi madre me miró, miró a mi abuelo y le preguntó:

—Tú sabrás lo que está pensando este niño.

—Yo no sé nada —dijo mi abuelo, que aunque te lea el pensamiento nunca se chiva.

Seguí a mi madre hasta la cocina y me quedé mirándola sin decir nada mientras ella fregaba los platos. Bueno, a lo mejor no se enfadaba por la pregunta. Era una pregunta como otra cualquiera, era decirle: "¿Por qué os gastasteis más en el Imbécil que en mí?"

Me lancé y la hice:

—¿Por qué... por qué os habéis gastado más dinero en los regalos del Imbécil que en los míos?

Mi madre volvió lentamente la cabeza hacia mí como sólo ella sabe hacerlo. La saliva me pasó por la garganta y sonó muy fuerte, como suena cuando tragan los pavos del Zoo.

—¿Y quién te ha dicho a ti que nos hemos gastado más en él? —dijo ella muy bajito y muy lentamente.

En el aire se podía tocar la terrible tensión ambiental. Podía haberme dado media vuelta, haberme ido de la cocina y haber cerrado este capítulo de mi vida que se estaba poniendo peligroso, pero como soy un poco kamikaze seguí con el tema:

—Yo, que he hecho la cuenta.

No me preguntes por qué fui a la cartera, saqué la hoja del archivador y se la enseñé a mi madre.

—Y en mí sólo os gastasteis 10.900.

—¡Manolito, Manolito! ¡Me vas a volver loca! —dijo mi madre gritando.

Un día te voy a grabar a mi madre para que la oigas gritar, ya verás como inmediatamente se te ponen los pelos de punta.

Mi abuelo entró a la cocina:

—¿Pero qué pasa, Catalina, a qué vienen esas voces?

Mi madre tartamudeaba como si no le salieran las palabras al explicarse:

—Que ha hecho... que ha hecho una suma para ver en cuál de los dos nos hemos gastado... el niño éste... que quiere que pierda la cabeza... ha contado lo que nos hemos gastado... y dice que si a su hermano... porque él se acuerda de lo que nos gastamos en él... y me lo pregunta...

—No entiendo nada —dijo mi abuelo mirándome.

La verdad es que mi madre no estaba para explicarse, había perdido los nervios completamente.

—Pues que te enseñe la suma que ha hecho —dijo mi madre.

Le di la suma a mi abuelo y mi madre le explicó por fin el resto. Mi abuelo se empezó a rascar la oreja derecha como hace cuando no sabe muy bien qué decir.

—Ríñele tú, porque yo ya no sé cómo hacerlo para que me entienda —le dijo mi madre al abuelo.

—Yo... yo no sé reñirle...

—¡Pues ahí os quedáis!

Y dicho esto, mi madre se quitó el delantal y salió por la puerta pegando un portazo que casi tira la torre de platos que había fregado.

Esta vez sí que se había enfadado. El Imbécil se puso a llorar y el abuelo lo cogió en brazos.

—Manolito... —se veía que mi abuelo no sabía por dónde empezar— los regalos no se comparan por el dinero que han costado. En realidad, los regalos no se comparan.

—Pues mamá sí que comparó lo que se había gastado ella en papá para el cumpleaños y lo que se había gastado papá en ella...

—Pues entonces es que en esta casa somos todos idiotas, no tengo otra explicación.

Mi abuelo se llevó al Imbécil hasta el sofá y puso la telenovela para olvidar. Estaba muy serio. Yo me quedé de pie, parado como un pasmarote, al lado del mueble-bar. Si hubiera tenido veinte años más y hubiera habido alguien al otro lado del mostrador le hubiera dicho:

—Dame un whisky doble. Necesito una copa.

Pero el mueble-bar de mi casa nos lo vendieron sin camarero y tienen que pasar muchos años para que yo pueda decir esa frase.

El Imbécil se escapó de los brazos del abuelo, cogió la *Sky-dancer* que estaba encima de la televisión y vino hasta mí. Tenía todavía las lágrimas en medio de la cara, pero me miraba con una de esas sonrisas que le dejan el chupete a punto de caerse. Me dijo:

—El nene quiere jugar con Manolito.

Ahora era yo el que me estaba poniendo a llorar. No sé por qué mi madre siempre se empeñaba en decir que yo no quería al Imbécil. Ella siempre tenía que mezclarlo todo.

El Imbécil fue hasta la oreja del abuelo, que había hincado ya la barbilla en el pecho, y le dijo bajito:

—Que Manolito llora.

El abuelo se levantó lentamente (es que cuando se sienta en el sofá necesitaría una grúa para ponerse de pie) y me cogió de la mano para llevarme con él al sofá.

—No sé para qué veo las telenovelas, si los dramones que se me montan a mí en casa son mucho más fuertes.

Nos quedamos los tres dormidos.

De repente, alguien dio la luz. Se había hecho de noche y nos despertamos los tres sudando y mirándonos como si no supiésemos quiénes éramos.

—¿Y esto? —dijo mi madre desde la puerta.

"Esto", éramos nosotros tres, con todos nuestros brazos y nuestras piernas mezcladas.

—Papá, ¿sabes qué hora es? Las ocho de la tarde. ¿Por qué no bañas tú al nene mientras yo empiezo a preparar la cena?... Manolito, no te va a dar tiempo a hacer los deberes...

Mi madre se puso a dar órdenes como si nada hubiera ocurrido entre nosotros, como si no se hubiera marchado de casa dando un portazo, como si yo jamás le hubiera dado aquella suma espantosa. Parecía que el asunto quedaba archivado en el capítulo destinado a los peores momentos de la familia García Moreno.

Yo ya me hubiera olvidado de todo aquello de no ser porque ocurrieron varias cosas que cambiaron el final de esta historia.

Al día siguiente de la bronca mi sita se llevó los cuadernos de cuentas para corregir. En ese cuaderno iba la suma, y me alegré, porque así me olvidaba de ella. También ese mismo día mi abuelo vino al colegio con un regalo para mí. Estaba envuelto en papel de regalo y destrocé el papel allí mismo, delante de mis amigos, para ver cuál era la sorpresa inesperada. La sorpresa inesperada era un chándal de Piolín.

—¡Ya ves tú, Piolín! —dijo Yihad con cara de desprecio— ¡Ése es un chándal de niño chico!

—Como que tú no ibas a dar tu opinión, metomentodo —le dijo mi abuelo.

Yo subí corriendo a casa para enseñarle el regalo a mi madre. Ella miró el chándal de reojo, sin querer verlo del todo, y luego le dijo a mi abuelo que ésa no era forma de educarme, que no se me podía dar todo cada vez que yo protestara. A mí me daba igual porque ya tenía el chándal de mis sueños. Nunca mejor dicho, el chándal de mis sueños, porque me puse a pensar y a pensar en que lo más seguro es que si me ponía el chándal para ir a la escuela, Yihad se burlaría de mí llamándome enano y cosas así. Me lo probé y salí al salón para que me lo vieran todos.

—Lo puedo utilizar como pijama, mami...

—¡De eso nada, vas a desaprovechar el chándal de esa manera, el chándal te lo pones para ir al colegio!

Entonces mi abuelo salió en mi defensa de la manera más inesperada:

—Pero si yo se lo he comprado como pijama, Catalina, que al niño le hace mucha falta un pijama abrigado.

Así quedó la cosa. Antes de dormirme, le dije a mi abuelo:

—Abuelo, tú no me habías comprado el chándal para dormir, ¿verdad?

—Manolito, majo, a tu abuelo no hace falta que le expliques nada...

—Pero, abu, el que lo utilice como pijama no quiere decir que me guste menos.

—Pues si ya lo sé.

Esta historia se podía haber terminado también aquí a no ser porque mi sita nos devolvió los cuadernos corregidos. ¡Un siete, me había puesto un siete! ¡El primer siete de mi vida en matemáticas! Me puse tan contento que en un arrebato de alegría le di un beso al Orejones.

—¡Aggggg! —dijimos a la vez los dos separándonos horrorizados.

—Perdona —le dije yo—, no volverá a ocurrir.

Me puse a mirar mi siete en números rojos y mi cuaderno y, de pronto, me encontré con la famosa hoja de la suma. La suma... estaba corregida. La sita había puesto en letras grandes:

"¿QUIÉN TE HA ENSEÑADO A SUMAR DE ESA MANERA?"

El verdadero resultado de la suma de los regalos del Imbécil era 10.400. Ya te lo advertí: en este capítulo quedo como un idiota. Pero no soy el único.

Mi abuelo me contó que Yihad le había pedido a su abuelo que por favor le comprara a él también un chándal de Piolín, pero que no se lo dijera a nadie porque sólo se lo iba a poner para dormir. Me dio una risa cuando me lo contó que me tuve que tirar al suelo para poderme reír a gusto, pero mi abuelo me prohibió contárselo a nadie.

El viernes por la noche, cuando llegó mi padre de la carretera, le esperamos el Imbécil y yo en el rellano de la escalera. El Imbécil también llevaba el chándal porque desde que yo me lo puse para dormir él ya no lo quiere sacar tampoco a la calle. Mi padre gritó al vernos:

—¡Mis piolines!

Y los dos nos tiramos en plancha a sus brazos, como dos pájaros gordos, y casi le hacemos perder el equilibrio, y casi perdemos a un padre desnucado por sus propios hijos.

Llegó la hora de dormir y el Imbécil se puso a llorar porque quería quedarse en la cama con mi abuelo y conmigo. Se lo tuvieron que llevar casi con camisa de fuerza y entre los gritos de niño loco que metía, se le entendía a veces:

—¡Con el abu, con Manolito!

Pobrecillo, me lo imaginaba agarrándose a los barrotes de su cuna, como un bebé gigantesco y rabioso en su jaula.

—Le podían haber dejado esta noche —le dije a mi abuelo mientras oía al Imbécil llorar desde la habitación de mis padres.

—Los tres no podemos dormir aquí, Manolito. Cuando tus padres compren las literas podréis dormir los dos juntos.

—Y tú te quedarás solo, abu.

—Me aguantaré. Entonces seré yo el que tenga celos de vosotros.

—¿Cómo va a tener un abuelo celos de sus nietos?

—¡Anda!, ¿qué te crees, que tú eres el único celoso porque tu madre te lo dice cada dos por tres? Todo el mundo tiene celos, Manolito. Hasta Yihad, por muy chulito que sea, tiene celos de ti. Tu madre tiene a veces celos porque se cree que me quieres a mí más que a ella. Y tu hermano, porque sabe que nosotros lo pasamos mejor aquí en nuestra terraza que él con tus padres.

—¿El Imbécil tiene celos de mí?

Por primera vez en mi vida quise que las literas prometidas llegaran pronto. Me daba pena el Imbécil enjaulado. Claro que, una vez que llegaran las literas, el abuelo se quedaría solo durmiendo en la terraza con su radio y su dentadura en el vaso de agua. Tendría que pasar la mitad de la noche con cada uno, de cama en cama. Me acordé de una canción que canta mi madre en la cocina: "Qué difícil es tener dos amores a la vez y no estar loco". Pero en el fondo en el fondo yo nunca había imaginado que alguien pudiera tener celos de mí y esa noche me dormí con una sonrisa de patilla a patilla (de las gafas).

CAPÍTULO DOS

La crueldad de una madre

Después de que pasara lo que pasó, yo me puse tan tan triste que mi madre casi tiene que llamar a la psicóloga de guardia. La psicóloga de guardia es la misma que la de todos los días, la sita Espe; lo que pasa es que últimamente se ha comprado un móvil y los de la Asociación de Padres se encargaron de repartir el número por el colegio, así que cualquier padre que tenga una duda terrible, sea la hora que sea, marca el número de teléfono de la psicóloga de guardia y la sita Espe le da su opinión autorizada.

Por ejemplo, un ejemplo, son las ocho de la mañana de un sábado y la madre de Yihad llama a la sita:

—Que Yihad está pidiendo el desayuno a patadas en la puerta de mi habitación, ¿qué puedo hacer?

—Pues lo que te está pidiendo ese niño es una colleja de efecto sedante.

—Gracias, gracias, cómo no se me había ocurrido.

O por ejemplo, otro ejemplo, son las doce de la noche y la madre de la Susana Bragas Sucias llama a la psicóloga de guardia, desesperada, al borde del llanto:

—Que estoy mandando a la niña a dormir y me dice que no se mueve del sofá hasta que no acabe el programa de Lina Morgan.

—Lo que esa niña te pide a gritos es que le apagues la televisión y la pongas de patitas en su habitación sin más contemplaciones.

—Pero, Dios mío, claro, si no fuera por usted...

En realidad, los que empezaron a utilizar este Teléfono de la Esperanza (teléfono de la Espe, entre nosotros) fueron los padres del Orejones, que necesitaban tener a la psicóloga a mano durante todo el fin de semana, que es cuando el Orejones se pone completamente insoportable (los días de diario también, lo que pasa que sus padres tienen menos tiempo de disfrutarlo) y en plan comando incontrolado. Como la madre del Orejones no se atreve ni a levantarle la voz, marca el teléfono mágico angustiada:

—Espe, que Ore me dice que si no le dejo dormir conmigo esta noche que se va con su padre. Y claro, ponte en mi lugar, ¿dónde meto a Pepín? No le voy a decir que se vaya a dormir a la cama de mi Ore para que mi Ore se salga con la suya.

—A ver, a ver, a ver... Vamos a optar por algo tradicional. Dile al Ore que como no se meta en su cama y os deje en paz que te quitas la zapatilla.

—La zapatilla... Bueno, se lo digo y te vuelvo a llamar a ver si surte efecto...

Ya sabes, la madre del Ore está divorciada y Pepín es su nuevo amor. Yo le tengo bastante manía a ese Pepín porque a mí la madre del Orejones me gusta cinco tacos de queso de bola. Pero no te creas que al padre del Orejones le quiero más, le llamo "El Plasta" y fue mi Rival n.º1; mi Rival n.º2, como habrás adivinado, es Pepín.

Pero ésta es una historia que algún día te contaré con muchísimos pelos y muchísimas señales. La cosa es que en este capítulo de mi terrible vida, mi madre no llamó a la psicóloga, entre otras cosas porque si la hubiera llamado a lo mejor las collejas de efecto retardado y las zapatillas hubieran sido para ella. Empezaré la historia por el principio de los tiempos.

Un día, la sita nos dijo que teníamos que comprar en la papelería papel cebolla, cartulina y pegamento porque en Plástica íbamos a aprovechar para hacer con nuestras propias manos un regalo a nuestras propias madres que, según dijo la sita, son unas santas porque nos aguantan cuando no está ella, que es una santa también aunque el Vaticano no se lo reconozca. El regalo era para el Día de la Madre y teníamos que mantenerlo en el máximo secreto.

Es difícil mantener un máximo secreto cuando vuelves a tu casa y extiendes la mano delante de tu madre y le dices que te tiene que dar dinero para la papelería y tu madre dice:

—¿Que te tengo que dar dinero OTRA VEZ para queeeeé?

Te dan ganas de contestarle que es para ella y sólo para ella, pero te callas porque piensas: "Algún día se arrepentirá de sus palabras. Mirará emocionada la obra de arte que le plantaré delante de sus narices y dirá: 'lo has hecho pensando en mí y yo echándote la bronca, perdóname, hijo mío". Estos pensamientos me ayudan a ser feliz y a soportarla en sus peores momentos.

Al final, como siempre, me dio el dinero para la papelería y al día siguiente empezamos a hacer el regalo de nuestras santas madres. Era un payaso que llevaba en la mano unas flores. Primero se pintaba el payaso a lápiz en la cartulina y luego se iban haciendo bolitas con el papel cebolla para ir pegándolas en el payaso.

Yo haciendo bolitas era superrápido, estoy perfectamente entrenado porque el sistema es el mismo que sigo normalmente con los mocos de la nariz. Lo sacas, haces una bolilla compacta y la dejas caer limpiamente al suelo. Al Orejones el sistema "bolilla-compacta" le cuesta más porque no tiene práctica, no está entrenado, él es de los que se sacan el moco y adiós muy buenas, lo lanza con los dedos hacia arriba y si te he visto no me acuerdo. Es un tío sin escrúpulos.

Todos los días, si nos sobraba un rato de clase, la sita decía:

—¡Hora de payasetes!

Y sacábamos nuestra cartulina de las cajoneras. La sita nos dijo que cada uno podía pintarlo de los colores que quisiera porque así hacíamos trabajar nuestra imaginación, que dice mi sita que nos hace mucha falta porque la tenemos atrofiada de tanto ver la tele. Y ahí le damos la razón todos, porque no tenemos imaginación pero somos muy sinceros.

Yihad quería hacer su payasete todo rojo, y la sita le dijo que vale, porque como es un problemático hay que dejarle a su bola siempre para que no moleste. A la semana le preguntó a la sita si podía ponerle a su payasete unos cuernos. A los pocos días le preguntó si le podía poner un tridente en vez de las flores y la sita le dijo que bueno, y luego le puso una nube de humo saliéndole de un rabo porque le dio la gana. Del antiguo payasete sólo quedó sana y salva la nariz. Debajo había puesto con rotulador: “Felicidades, mamá. Tu payasete diabólico”.

Yo estaba bastante orgulloso de cómo me estaba quedando, hasta que vino Yihad a mi mesa y me dijo:

—Qué cursi es tu payasete, Gafotas.

Me dijo eso por envidia podrida, porque estaba perfecto, y se empezó a reír de mi payasete de tal forma que me comió la moral, de manera que decidí hacerle al payasete unas innovaciones. Primero le puse unas paletas enormes que le salían de los labios rojos y luego le coloqué el pelo rizado como si fuera un peluquín. Le quitabas hacia un lado la peluca naranja y el payasete se quedaba calvo y en la calva se veía un piojo en calzoncillos que decía: “¿Podría taparme otra vez, por favor?” A la sita, esta segunda versión le gustó menos, sobre todo porque a partir de ese momento todo el mundo se animó a hacerle cambios al dulce payasete. La Susana le puso unos colmillos que goteaban sangre; Mostaza le dibujó una pistola en vez de las flores; Arturo Román le dejó los ojos en blanco como si estuviera poseído (le quedó genial); y hasta Paquito Medina, el niño 10, quiso cambiarle el traje de payasete por el del equipo del Rayo Vallecano. El Orejones López, como es tan vago, no se metió en muchas innovaciones, pero le quitó las flores y le puso un letrero que decía: “Para que mami lo sepa: payasete se escribe con P de Pepín”.

La sita dijo que no conocíamos los términos medios: o no teníamos imaginación o nos pasábamos de rosca. Y dijo además que no se hacía responsable de los payasetes, aunque reconoció que con el rollo de los cambios habíamos estado entretenidos bastantes ratos y ella había podido vivir en paz algunos momentos, mirando por la ventana con vistas a la cárcel de Carabanchel y pensando en la jubilación. Lo sé porque sonreía como tonta de vez en cuando. Aunque a lo mejor era el olor de los pegamentos que nos tenía a todos medio colgados.

Con nuestros payasetes, envueltos en papel transparente de colores y atados con unos lazos enormes, nos fuimos todos para casa ese jueves. No se podía meter en la cartera porque las bolillas se aplastaban, así que había que ingeniárselas para introducirlo en casa sin que tu madre te viera y esconderlo de tal manera que no lo pudiera descubrir hasta el domingo. Pensé que podía dejar el regalo en casa de la Luisa hasta el día M (de Madre).

Iba ya por el primero cuando oigo a la Luisa y a mi madre que estaban hablando. ¡Qué mala suerte! Me senté en los escalones y decidí esperar hasta que mi madre subiera otra vez para casa.

La Luisa y mi madre no paraban de reírse. Yo estaba tan aburrido que, con un sigilo enorme, subí otros tres escalones para escuchar de qué hablaban y así entretenerme un poco, porque, además, se me estaba quedando el culo helado. Y lo que escuché nunca se borrará de mi memoria inmemorial: mi madre le decía a la Luisa que estaba ansiosa por ver qué nuevo horror de la naturaleza le había hecho yo este año en el colegio para el Día de la Madre. Ahí les dio la risa.

—Y espérate tú, que cuando el hermano empiece también con la Plástica, voy a tener material para montar el Museo de los Horrores.

Ahí les dio la risa otra vez.

—Porque claro, luego a ellos les gusta que los regalos estén expuestos a la vista del público. Acuérdate, el año pasado tuve que tener el iglú un mes en el mostrador del mueble-bar, menos mal que se conformó cuando le dije que lo había puesto encima de la cisterna del váter para que el hermano no lo rompiera.

Otra vez las risas despiadadas.

¡Así que por eso estaba mi iglú en lo alto de la cisterna! Mi iglú, el que le hice con palillos de dientes usados por mi abuelo para que fueran más flexibles y no se rompieran al hacer las curvas de la casita polar. Le hice chupar dos cajas enteras de palillos de dientes, se los tenía que meter de dos en dos en la boca, uno a cada lado, pero a mi abu no le importaba porque él siempre va con su palillo, aunque no se haya puesto la dentadura. Dice que así se le calma la nostalgia de cuando llevaba el cigarro y de cuando tenía dentadura de verdad. La sita me preguntó:

—¿Cómo consigues que los palillos se doblen tan bien?

Y yo le expliqué el método y me copió toda la clase. Los que tenían a sus abuelos vivos y a mano lo tuvieron fácil, y los que no, se tuvieron que aguantar y reblandecerlos ellos mismos en el recreo o en el comedor del colegio. El Orejones, como tiene un morro que se lo pisa, se presentó en mi casa con la caja de palillos y le preguntó a mi abuelo que si se los podía chupar él porque sus abuelos estaban en Carcagente y su madre se había negado a hacer ese trabajo sucio (es que en Carabanchel (Alto) no se ve bien que una madre vaya por la calle con el palillo a un lado de la boca). El Orejones nos contó que había pensado pedírselo a Pepín pero que, sinceramente, le daba asco construir un iglú con palillos rechupeteados por el novio de su madre. "Así que —le dijo el Orejones a mi abuelo— sólo puedo confiar en ti para este trabajo". ¡Qué pelota! Mi abuelo se los chupó todos, uno por uno. Acabó un poco mareado, pero mi abuelo no sabe decirle que no a casi nadie, y menos al Ore, que es mi mejor amigo (y cerdo a la vez).

Luego pintamos el iglú con baldosinín y todo el mundo que venía a mi casa y lo veía encima del mueble-bar, decía:

—Hay que ver qué iglú, si parece que está uno en el Polo Norte.

Lo dijo Bernabé, lo dijo la Luisa, lo dijo mi padre y también lo dijo mi madre cuando se lo di. Yo llevaba un año convencido de que le había encantado, de que le había gustado tanto tanto que lo tuvo que subir a la cisterna por miedo al manazas del Imbécil.

Pero allí, sentado en la escalera, escuchando cómo mi madre le describía a la Luisa todos los regalos que yo le había hecho: un gato con las conchas de las almejas o el joyero con el bote de Nesquik... y escuchando cómo se reían, me sentía un niño bastante desengañado de la vida, un niño muy viejo con un pasado atroz. Me puse a llorar muy bajito para que no me oyeran y las lágrimas caían, gordísimas, sobre el papel que envolvía el payasete y que yo sostenía en las manos. Lo que ocurrió es que, claro, al llorar se me montó un atasco de mocos, y como no llevaba pañuelo, tuve que echarlos para dentro con todas mis fuerzas y se ve que la Boni lo oyó y echó escaleras abajo moviendo la cola. Me encontró en ese terrible estado y estaba empeñada en chuparme la cara como hace con todos los que se agachan y se ponen a su altura. Detrás de la Boni vino la Luisa y detrás mi madre, porque yo al ver que la Boni me había descubierto, ya no me corté un pelo y me puse a llorar como me apetecía: a moco tendido.

La Luisa y mi madre se quedaron paradas, se les había acabado la risa y estaban ahí, mirándome, unos peldaños más arriba que yo. Supercortadas.

Yo deshice el lazo del regalo, le quité el envoltorio de papel rojo transparente, saqué el retrato del payasete y ¿sabes lo que hice? Lo rompí, delante de sus narices, en cuatro trozos. Y ahí seguían. Superestupefactas.

Me levanté y subí las escaleras, pasé entre las dos y seguí subiendo hasta mi casa. Y ahí se quedaron. Superparalizadas.

Me metí en el cuarto de baño y me senté en el váter sin quitarme ni la mochila, ni los pantalones, ni nada. Sólo quería estar tranquilo y ése es mi sitio favorito. Al rato oí abrirse la puerta: por las voces supe que habían llegado el Imbécil, el abuelo y mi madre.

Llamaron a la puerta del váter.

—Manolito, abre, corazón —dijo mi madre muy suave.

Yo fui a contestar: "Ahora salgo", pero me empezó a temblar la barbilla y me callé. Al rato vino mi abuelo:

—Manolito, majo, sal con nosotros.

Yo no salía porque ya no sabía con qué cara tenía que salir ni qué iba a decir cuando todos me miraran, así que seguí en silencio. Pasó otro rato y llamó el Imbécil.

—El nene quiere con Manolito en el váter.

Yo sabía que, si hay alguien que no se da por vencido en mi casa es el Imbécil. Aunque no le respondí, él siguió diciendo la misma frase una y otra vez. La decía cantando, la decía por sílabas y dando golpes en la puerta: ¡el! ¡ne! ¡ne! ¡quie! ¡re! ¡con! ¡Ma! ¡no! ¡li! ¡to! ¡en! ¡el! ¡vá! ¡ter!... la decía, la decía y la decía. Abrí la puerta y le dejé entrar. Él tampoco se había quitado todavía su mochila del colegio. Se sentó en

...me sentía un niño bastante desengañado de la vida...

el bidé y se quedó a mi lado. Estuvimos un rato en silencio, pero el silencio se rompió porque se oyeron unos ruidos extraños.

—Son las tripas del nene que tiene hambre —me dijo.

Se puso de pie y me llevó la mano a su barriga. Le crujían las tripas ferozmente. Se quitó la mochila y sacó medio bocadillo del martes anterior. La mochila del Imbécil siempre está llena de sorpresas, siempre lleva restos de comida, piedras y palos que encuentra por la calle. Partió el trozo de bocadillo por la mitad y me lo dio. No solamente estaba superduro sino que, además, el queso se había puesto verde.

—Esto no se puede comer.

—El nene se lo come. Al nene no le pasa nada.

Ya lo tenía dentro de la boca. Tuve que sacárselo.

—Que no, que te pones malo.

—Es que el nene tiene hambre.

Por la ranura de la puerta se estaba colando el olor del cocido que seguro que ya estaba en la mesa con sus garbancitos y sus fideos humeantes. Nuestras tripas sonaron al unísono. No hay tortura más grande que tener hambre y oler a cocido. Abrí la puerta y salimos. Como me había imaginado, los platos de mi abuelo, del Imbécil y mío estaban en la mesa. Mi madre no se había puesto plato, pero se sentó con nosotros y empezó a hacer algo que nunca olvidaré: cogió los trozos del payaso que yo había roto y con mucho cuidado los fue pegando (también las bolillas que se habían caído). Yo la miraba de reojo porque estaba bastante enfadado y cuando uno está enfadado no mira de frente a las personas. Mi madre lo hacía muy despacio y como si fuera una cosa muy delicada, así que estuvo mucho rato reconstruyéndolo. Luego, lo puso en la pared del mueble-bar, sujeto con cuatro chinchetas. Todo esto lo hacía sin decir nada, como si estuviera muy ocupada.

—Cata —dijo mi abuelo—, a ese payaso hay que ponerle un cristal, que si no las bolillas se le acabarán cayendo.

—Ya lo he pensado —dijo mi madre.

—Es Bernabé —dijo el Imbécil con la boca llena de garbanzos—. Tiene peluquín.

—Es verdad —dijo mi abu—, ya decía yo que me recordaba a alguien.

Mi madre trajo del cuarto de baño el iglú y lo puso encima de la televisión. Yo seguí sin decir nada, ni en ese momento ni cuando volví del colegio por la tarde.

Cuando llegó la hora de acostarse, mi madre vino a la terraza, yo creí que para darme el beso de por las noches, pero ella me cogió de la mano y me llevó a su habitación. Aquella noche de aquel viernes mi madre quiso que yo durmiera en su gigantesca cama. El Imbécil daba saltos en la cuna porque le encanta que su héroe (yo) duerma cerca. Oí a mi abuelo que decía en el salón:

—Así que esta noche me dejáis solo, bueno, bueno...

Mi madre apagó la luz y así, en la oscuridad, su voz sonó muy rara, como si fuera la voz de la madre de otro.

—Era una tontería lo que yo le decía a la Luisa. Me encanta el payasete, me encantaron el iglú, el gato de almejas y el joyero del Nesquik...

—El payasete ahora parece Frankenstein —le dije yo—, tiene cicatrices por todo el cuerpo.

—De las cicatrices tengo yo la culpa, Manolito.

—No es verdad que te guste, lo dices por conformarme.

—No, me gusta muchísimo, te lo juro.

—¿Por quién me lo juras, por... papá?

—Te lo juro por papá.

—¿Por el abuelo?

—También por el abuelo.

—¿Y por el Imbécil? —le pregunté, y sabía que era la pregunta más arriesgada, porque mi madre nunca juraría en falso por el niñito de su ojo derecho.

—Te lo juro por el Imbécil.

En ese momento nos cayó encima el niño del juramento, que había saltado de su cuna, como hace todas las noches, y se había dejado caer en la de mi madre. Se hizo sitio y se colocó en medio, pero mi madre lo puso a un lado y se quedó ella en medio de los dos. El Imbécil no estaba de acuerdo con la colocación y dijo con el chupete en la boca:

—El nene con Manolito.

Así que, aquella noche de aquel viernes, el que se quedó en medio por votación popular fui yo. Y me dormí pensando que merecía la pena haberse enfadado y tener como recompensa que todos te hicieran bastante caso y ser el centro del mundo mundial, aunque también pensé que a pesar del terrible juramento que me había hecho mi madre, a partir de ahora miraría al payaso y al iglú sin saber si eran bonitos o feos.

—Bueno —me dijo mi abuelo a la mañana siguiente—, eso mismo ha pasado con las grandes obras de arte de todos los tiempos. No siempre se han apreciado como se merecían.

La duda era la siguiente: ¿era yo un gran artista o es que mi abuelo era muy bueno? Son dos cosas demasiado buenas para que puedan suceder a la vez.

CAPÍTULO TRES

Una terrible sospecha

Mi padre llamó sobre las diez y media, como siempre. Y como siempre cogió el teléfono el Imbécil y se pasaron lo menos media hora hablando de que si habíamos cenado esto o lo otro, de que si el Imbécil ya se había duchado, de que si había hecho caca y de que si la Melani era la niña más tonta que había pisado la Tierra. En fin, el tipo de conversaciones que mi padre y el Imbécil mantienen de lunes a jueves, cuando mi padre está fuera. Luego se puso mi madre y, como siempre, mi madre le dijo que no bebiera nada, que durmiera mucho, que no adelantara con el camión a nadie, que fuera a veinte por hora como máximo y que estaba de nosotros hasta las narices. Y luego me puse yo que, como siempre, le dije:

—Ya es martes, así que sólo faltan dos noches para que vuelvas.

—¿Tienes ganas de que llegue?

Qué preguntas hace mi padre. Pues claro que tenía ganas de que volviera.

—Sí.
—Pues dímelo más fuerte y con más ganas.
—¡Siiiiiiiiiiiiiií! —le grité por el teléfono.
—Bueno, vale, vale, me doy por enterado. Pues más ganas tendrías si supieras lo que os llevo...
—¿Qué es?
—Ah, una sorpresa, es una sorpresa.
—Pero dime sólo una pista, una pista sólo.
—Tres pistas: es suave, con patas y tiene unas orejas muy grandes.
Yo solté el teléfono y fui corriendo a la cocina a buscar a mi madre. La emoción casi no me dejaba hablar:
—Papá, que dice que nos trae un perro.
Mi madre se fue a por el teléfono diciendo por el camino:
—¡No será verdad, no será verdad!
El Imbécil y yo nos pusimos a dar saltos encima del sofá, mientras oíamos a mi madre que decía:
—Aquí un perro no me traigas, que al final ya sé yo a quién le toca limpiarle las cacas y los meaos.
Luego se quedó callada escuchando lo que decía mi padre y la oímos decir:
—Ya, bueno, no sé, no sé... Claro, ahora no voy a decir que no, no voy a ser yo siempre la que quede como la mala de la película. Hala, pues adiós.
Mi madre nos miró y dijo como para sus adentros:
—Desde luego tu padre...
Esa noche el Imbécil y yo casi nos pegamos buscando un nombre para nuestro perro. El Imbécil decía:
—Boni, como la Boni.
—Pero, ¿cómo se va a llamar Boni como la Boni? Abuelo, el Imbécil dice que se llame como la Boni. Lo primero, no sabe-

mos si es perra, y segundo, si es perra, no vamos a tener a dos perras en una misma escalera que se llamen igual. ¿Qué quieres, que gritemos ¡Boni!, y que vengan las dos?

Yo quería que mi abuelo viera la barbaridad que estaba diciendo el Imbécil y le tiraba de un brazo para que se pusiera de mi parte, pero el Imbécil le tiraba del otro brazo y decía otra vez muy tranquilo:

—Boni, como la Boni.

—Abuelo, ahora lo ha dicho para hacerme de rabiar. Le llamaremos Toby, o Boby, o León...

Entonces, el Imbécil se quitó el chupete y fríamente, mirando al suelo, volvió a la carga:

—Manolito, como Manolito.

—Pero cómo le vamos a poner Manolito a un perro. ¡Abuelo, dile que no diga tonterías!

—Un perro —dijo mi abuelo—, si es negro se llama Moro, si es blanco, Perla, y si es marrón, Canelo. Y ya está, qué ganas de complicarse la vida.

El Imbécil se volvió a quitar el chupete. Antes de que dijera nada le advertí:

—¡A ver lo que dices, que te la cargas!

Pero el Imbécil dijo con una sonrisa en los labios:

—Si tiene gafas, Manolito. Como Manolito.

Entonces le arrebaté el chupete y se lo tiré lo más lejos que pude. Encima de la estantería del salón. El Imbécil se puso a llorar como si le hubieran tirado de un resorte y se lanzó como un niño endiablado a quitarme las gafas. Nos cogimos los dos de la cara y de las orejas y del cuello. Las manos del Imbécil son pequeñas pero tienen una fuerza sobrenatural. Te juro que temí que me arrancara la oreja. Mi abuelo intentó separarnos por las buenas pero ya era demasiado tarde. Así que tuvo que venir mi madre de la cocina, nos agarró a los dos por los pelos y fue tirando, tirando hasta que nos separó.

—¡Cada uno a su cama! ¡No quiero oíros ya esta noche, que me tenéis contenta!

La verdad es que yo me sentí liberado, como si me hubieran quitado un bicho rabioso de la cabeza. Me iba a meter en la cama como me habían dicho, pero está visto que hay ocasiones en que uno no acierta con nada:

—¿No te irás a meter en la cama, Manolito, sin lavarte los dientes, cochino? —me dijo mi madre con rabia contenida.

—Es que me acabas de mandar que me meta.

—¡Excusas, excusas! Si es que encima son más guarros y más...

—Catalina... ya vale —le dijo mi abuelo, que seguía viendo la tele.

Yo me fui al váter a lavarme los dientes. Por el camino me crucé con el Imbécil y nos dimos los dos un empujón, pero fue una agresión silenciosa. Ninguno de los dos queríamos que se enterara mi madre. Como verás, hay momentos en que nos odiamos con mucha discreción.

¡Qué tío! ¡Cómo me había puesto la cara! Cuando me miré al espejo tenía todos los mofletes llenos de pequeños arañazos. Le enseñé los dientes al espejo: pues yo me los encontraba como siempre. Mojé un poco el cepillo para que mi madre creyera que me los había lavado. Lo volví a poner en el vaso y me fui a la cama intentando no cruzarme otra vez con el pequeño asesino por el pasillo.

Mi madre se quedó, como todas las noches, viendo la tele, con las piernas encima de la mesa y fumándose ese cigarro que dice que no se fuma en todo el día porque no la dejamos parar. Yo la veía desde el sofá-cama de la terraza. Me estaba quedando dormido mirándola echar el humo para el techo haciendo circulitos. Estaba a punto ya de echar el cierre, cuando vi aparecer otra vez al niño asesino, ahora en pijama y silencioso. Se quedó en medio del salón, mirándola. Mi madre terminó de echar el último circulito. Es así de chula. Le miró y le dijo como pasando de todo:

—Y ahora, ¿qué pasa?

—El nene no puede dormir.

—Pues el nene se aguanta —dijo mi madre.

Y yo pensé: "Así se habla. Qué dureza, qué bien dicho".

—Pero es que el nene...

Noté que el Imbécil tragaba saliva y se iba a poner a llorar de un momento a otro. Le temblaba la barbilla.

—El nene no tiene chupete. Manolito se lo ha tirado ahí arriba.

¡Qué chivato traidor!

Mi madre suspiró: "¡Ay, Dios mío!", se subió a una silla y le bajó el chupete. Se lo metió en la boca al Imbécil, lo cogió en brazos y se lo llevó a la habitación diciéndole: "Ahora, mi nene, a dormir".

Yo iba a cerrar los ojos otra vez pensando: "Qué injusto es el mundo", pero antes de meterme de lleno en ese oscuro pensamiento pegué un frenazo cerebral y decidí que me dormiría pensando en mi perro. A eso se le llama control mental.

Al día siguiente, a los cinco minutos de llegar a clase ya sabía todo el mundo que iba a tener un perro. Todos me tenían bastante envidia porque no conozco a casi ningún niño que no quiera tener un perro, el problema es que tampoco conozco a casi ninguna madre que esté dispuesta a tenerlo. Bueno, todos me tenían envidia superpodrida menos Paquito Medina, que ya lo tiene. Se lo compraron por las notas de final de curso. Es un foxterrier, como la Milú de Tintín, y no veas si vacila todas las tardes saliendo con Puskas, que así es como se llama, y tirándole la pelota en el parque del Ahorcado.

Intenté atender en clase pero me resultó imposible, así que conecté el Manolito automático y le dejé escuchando cómo la sita recitaba una poesía sobre una luna que llevaba puesto un camisón. El Manolito verdadero se quedó pensando en su perro: ¿Cómo sería? Mi padre había dicho: muy suave, con dos orejas y con cuatro patas. Bueno, como todos los perros. Lo entrenaría para ir a mi lado sin correa, y para defenderme en las situaciones de extremo peligro, y para pegarle un bocado a Yihad en cuanto que se cruzara con él... De pensar esto me dio una risa incontenible.

—¡Manolito! —dijo mi sita aterradoramente a mis espaldas—. Ahora nos vas a explicar qué es lo que tiene de gracioso esta poesía.

Yo le iba a decir que en realidad me reía de otra cosa, pero sabía que eso la iba a poner todavía más furiosa, así que...

—Bueno, lo de la luna con camisón, que me recordaba a una mujer gorda que yo conozco. No la he visto nunca con camisón pero me la imagino.

Toda la clase se echó a reír.

—¿A qué mujer? —dijo mi sita acercándose mucho a mi cara y echándome el aliento en la nariz.

Yo me quedé mirando el suelo, esperando a que pasara aquel momento cuanto antes.

—Manolito, ¿te crees muy gracioso?

Dije que no con la cabeza.

—Menos mal, porque no lo eres, siéntate.

Me senté con la cara rojo-semáforo y sin entender muy bien por qué me había caído esa bronca tan cruel. Me pasaron una nota desde el pupitre de atrás:

"Manolito, qué forma de llamarle gorda a la sita. Hapúntate diez puntos".

Por el estilo literario y la H en el "apúntate", sabía que la nota venía de Yihad. Me volví, me estaba mirando, nos sonreímos como si fuéramos dos grandes cómplices. La verdad, no tenía ninguna intención de llamarle gorda a la sita, otra cosa es que lo piense en su propia cara. Si me atreviera a decir todas las cosas horribles que pienso de las personas, llegaría siempre a mi casa herido de guerra. El Manolito automático me puede servir en un momento histórico para decirle a mi sita hasta que es guapa; el Manolito verdadero me sirve para pensar lo contrario. Así soy yo, un niño con dos caras.

La verdad es que no sabía cómo iba a soportar otro día más de espera para conocer a mi perro. En el camino a casa jugamos a que el Imbécil era el perro y yo el amo, pero acabó siendo un rollo repollo porque el Imbécil se quería parar en cada árbol para levantar la pata y hacer como que echaba una meadilla. Se metió tanto en el papel, que una vez que llegamos al parque corrió hasta el árbol del Ahorcado, se bajó el chándal y se puso como para hacer caca. Yo me eché a reír, en parte porque sabía que el Imbécil estaba imitando a la Boni, que siempre se arrima al Ahorcado porque es su sitio favorito para el popó (como dice la Luisa), y en parte porque nunca había visto un perro que se bajara los pantalones para hacer de las suyas. Lo que no podía imaginarme es que lo del Imbécil era algo más que un juego, y que sus intenciones iban en serio. Lo tuve claro cuando vi cómo se le hinchaba la cara y se ponía rojo. Después se levantó y, sin subirse todavía los pantalones, dijo muy satisfecho:

—Ya está.

Una señora que pasaba con la compra y que había visto todo el proceso le gritó a mi abuelo:

—Esto es lo último que me faltaba por ver.

—Si es que estamos ensayando, señora, para cuando tengamos perro.

—Encima usted le ríe la gracia a los nietos.

—Espere un momento, mujer, quédese a ver el final del simulacro.

La mujer se quedó parada, mirándonos con cara de odio reconcentrado. Entonces, mi abuelo me dijo:

—Manolito, vete a por una bolsa.

Yo saqué una bolsa de las que ha puesto el Ayuntamiento para las cacas de los perros y se la llevé a mi abuelo.

—Venga, majo, recógele la caca al guau-guau.

—Pero abuelo...

—¿No estábamos ensayando? Recuerda que desde mañana lo vas a tener que hacer todos los días.

Metí la mano en la bolsa como le he visto hacer a la Luisa para recoger el boñigo de la Boni, y me acerqué hasta el árbol. El Imbécil seguía con los pantalones bajados. Sacó la lengua y jadeó, como hace la Boni cuando está contenta. Yo miré para otro lado y procuré no respirar por la nariz para que no me llegara el olor. A pesar de que entre la caca y mi mano estaba el plástico, pude sentir el calor del producto interior bruto del hermano-perro. Hice un nudo en la bolsa y la tiré en el contenedor. Mi abuelo le dijo a la señora:

—¿Qué me dice ahora? ¿A que los tengo bien educados?

—Yo este mundo no lo entiendo —dijo la señora, y se marchó con su compra.

El Imbécil se subió los pantalones dispuesto a seguir con su actuación, pero yo ya estaba quemado y dije que no volvería a jugar a perros y amos hasta que llegara el perro verdadero, ese compañero fiel que me seguiría moviendo la cola a todas partes, como hacen los perros de las películas.

El estado de nervios en casa de los García Moreno había llegado a tal punto el viernes, que cuando mi padre hizo sonar la bocina al entrar con el camión en mi calle, el Imbécil y yo abrimos la puerta de casa y empezamos a chillar en el rellano como locos. La Luisa salió corriendo a la escalera con el extintor que le había regalado Bernabé por su aniversario.

—¿Dónde está el fuego? —dijo apuntando el extintor como si fuera una pistola con poderes desintegradores.

—Guarda el extintor, mujer —le dijo mi madre—. Es que viene el padre con un bicho. Lo único que me faltaba a mí: un bicho. Como si no tuviera yo ya bastante con estos dos animales.

Al oír los pasos de mi padre por el primero, volvimos a chillar otra vez. Mi madre nos dio la famosa colleja doble. Es una colleja que comenzó a ensayar hace unos meses. Los ingredientes para una buena colleja doble son:

1. Las dos manos de quien pega la colleja.

2. Dos cabezas (pueden ser las cabezas de tus dos hijos, de un hijo y un sobrino o, en su defecto, de cualquiera, no son necesarios los lazos de sangre).

3. Más maña que fuerza.

Con estos ingredientes, una madre entrenada hace maravillas. Mi madre es capaz de darnos una colleja al Imbécil y otra a mí al mismo tiempo y con la misma intensidad.

Al sentir la colleja en nuestras cabezas nos callamos de inmediato. Vimos aparecer a mi padre con una caja de zapatos, se abrió pasó entre nosotros llevando la caja como si tuviera algo maravilloso y entró en casa. La Luisa le siguió con el extintor todavía en la mano, y mi padre, con una gran sonrisa, puso la cajita encima de la mesa.

Todos rodeamos la caja como si fuera una tarta de cumpleaños. Mi padre puso con delicadeza las manos encima de la tapa de cartón, y con el mismo gesto cuidadoso que hacen los magos, la levantó lentamente. Lo que vimos entonces nos dejó con la boca completamente abierta. Pasaron unos instantes en los que mi madre, mi padre y mi abuelo nos estuvieron mirando para ver qué decíamos. Yo estaba tan alucinado que no sabía qué cara poner. Cerré la boca, tragué saliva y lo único que me salió fue:

—Pero esto... esto no es un perro.

No era un perro. Aquel animalito blanco, suave, con cuatro patas, y dos grandes orejas, era un conejo.

—Tú me hablaste de un perro —le dije a mi padre.

—No, eso te lo imaginarías tú. Yo te dije que te traía una sorpresa.

—¿Y tú también sabías que no era un perro? —le dije a mi madre.

—¿Y qué más da un conejo que un perro? —dijo mi madre—. Me va a ensuciar la casa igual que si fuera un perro. Manolo, el lunes lo montas en el camión y lo sueltas por el campo.

—Mujer, por el campo, él solo, con lo chico que es... —dijo la Luisa, mirándolo con mucha compasión.

Es verdad que yo no quería un conejo, y que nada más verlo me llevé una gran decepción, pero de ahí a dejarlo abandonado en mitad de un campo... Sólo de pensar en aquel conejo tan blanco y tan pequeño en un bosque y en una noche de tormenta me entraban ganas de echarme a llorar.

Estaba acurrucado en un rincón de la caja. Mi padre le había puesto serrín y el conejo estaba muy quieto y con los ojos abiertos. Yo estoy seguro de que escuchaba muy atento lo que decíamos, al fin y al cabo hablábamos de su futuro. Le toqué con un dedo, sin atreverme mucho, entre los ojos. Parpadeó y movió un poco las orejas.

—Si queréis me lo vuelvo a llevar...

—¡Que no! —le dije yo.

—Ya no —dijo mi madre—. Una vez que ya lo han visto cómo te lo vas a llevar. Eso sí, cuando se haga grande te lo llevas a una granja.

El Imbécil se subió a una silla y metió dentro de la caja su Barbie *Sky-dancer*.

—Toma, cobejo, juega.

Pero el conejo no se movió del sitio.

Instalamos la caja-casita del conejo debajo de la calefacción, detrás del mueble-bar. Allí le pusimos leche y una zanahoria. Pasamos mucho rato mirándole antes de irnos a la cama, tocándole el lomo, pero sin cogerlo en brazos, porque mi abuelo nos dijo que era muy malo coger a los cachorros, que luego las patas no les crecían fuertes.

Me acosté pensando que era una cosa muy rara tener un conejo. La gente no sacaba a pasear a su conejo por la calle, ni le llamaba a gritos ¡Toby!, ni el conejo se acercaba moviendo la cola. Además, cómo iba a volver a clase diciendo que en vez del famoso perro me habían traído un conejo.

Pero sería mejor que no protestara porque si no, ya estaba advertido, mi padre lo dejaría en mitad del campo.

¿Que cómo reaccionaron mis amigos? ¿Es que no te lo imaginas? Tuve que aguantar que se rieran durante veinticinco minutos. Yihad se daba golpes en la tripa como si fuera un mono. Lo hubiera matado, pero odio la violencia. Sobre todo porque llevo las de perder. Decidí pasar de ellos, entre otras cosas porque, a pesar de que se burlaron lo que quisieron de mí, también quisieron venir a ver al conejo, y durante una semana, todas las tardes, me llevaba a uno de mi clase para que le tocara un rato las orejas.

—Con el rollo del conejo se me planta a mí un niño de propina todas las tardes a merendar.

Oyendo estas palabras de mi madre puedes pensar que le duele en el alma tener que darle un bocadillo a alguno de mis amigos. Pues lo alucinante es que luego disfruta sacándoles cosas de comer, y si hay alguno que no se come entero uno de sus espectaculares bocadillos (el Orejones, que es muy tiquismiquis), murmura por los rincones:

—Qué se habrá creído el niño ése. Habrá que ver lo que le dan en su casa.

Mi abuelo, en momentos como ése, nos mira y dice:

—Es el espíritu de la contradicción.

Pero volvamos al conejo. No le pusimos nombre porque a nadie se le ocurrió que un conejo tuviera que tenerlo. Bueno, le llamábamos Cobejo, porque así es como le decía el Imbécil, que, como siempre está acatarrado, los mocos no le dejan decir bien las palabras.

El Cobejo no salió de su caja en una semana. Cada vez que ibas a verlo estaba en un rincón diferente. Delante de nosotros no se atrevía a moverse, parecía que aprovechaba nuestra ausencia para darse la vuelta. Los primeros días no salió de la caja, delante de nosotros se estaba tan quieto que yo empecé a preguntarme cuál era la diferencia entre tener un conejo y no tenerlo.

Una semana después de que el Cobejo llegara a Carabanchel (Alto), nos levantamos y fuimos a decirle, como todas las mañanas: "Buenos días, Cobejo". Pero Cobejo no estaba. Lo estuvimos buscando durante media hora. Mi madre pasó el cepillo de barrer por debajo de todos los muebles, hasta que dimos con él: se había escondido en el hueco que queda detrás del bidé, y como el suelo del baño y la pared son blancos, su cuerpo quedaba como camuflado. Parecía que los ojos, muy negros, estaban flotando a un palmo del suelo. Nos miró sin parpadear, como diciendo: "¿A que os ha costado encontrarme?"

A partir de ese día, nuestro Cobejo jugó al escondite todas las mañanas y cada vez lo encontrábamos en un lugar distinto: debajo de una cama, en el recogedor de barrer, escondido detrás de una cortina. Eso sí, por las noches, el Cobejo volvía a su caja debajo de la calefacción. Ya no era aquel Cobejo tímido y pequeño que conocimos la noche en que lo trajo mi padre. Ahora, se movía por toda la casa como Pedro se mueve por la suya y comía mucho, y de vez en cuando dejaba que lo cogiéramos en brazos. No siempre.

La Luisa nos regaló un collar viejo de la Boni con un cascabel y nuestro conejo estaba superguapo con el collar rojo sobre la piel tan blanca. Le atamos una cuerda al collar y lo bajamos a pasear al parque del Ahorcado. La Boni y el Puskas se ponían como locos con él y había que atarlos porque yo tenía miedo de que intentaran comérselo. Aunque hubiera sido imposible, porque el Cobejo se estaba poniendo tan gordo que a su lado la Boni parecía una rata. También tenía miedo de soltarle la cuerda por si se me escapaba, así que, cuando lo bajábamos al parque, el Cobejo no llegaba a pisar el suelo. Nos sentábamos en el banco el Imbécil y yo, y nos turnábamos para tenerlo en brazos. Bueno, no es que fuera superdivertido, pero peor hubiera sido tener, como tienen algunos niños de mi clase, un hámster, que ni tan siquiera les puedes poner un collar de lo pequeños que son. Cuando volvíamos de camino a casa sí que lo dejábamos andar por la acera con nosotros y todo el mundo se nos quedaba mirando como si no hubieran visto un conejo en su vida. Molaba.

Cuando volvíamos del colegio, el conejo no salía nunca a recibirnos, andaba perdido por alguno de sus rincones favoritos. Nos hicimos a la idea de que nuestro conejo nunca nos dedicaría ni bienvenidas ni despedidas cariñosas. No era como la Boni, que la oyes como huele el fililllo de la puerta cuando te acercas a la casa de la Luisa, y luego te lame de arriba abajo de lo contenta que se pone de verte. A nuestro conejo le daba igual quién entrara o quién saliera. No era tampoco un conejo de defensa. Podrían haber entrado cinco ladrones, desvalijado la casa y habernos amenazado con sus pistolas mortíferas, y el conejo hubiera seguido a su bola, comiéndose cualquier pata de cualquier mueble que hubiera elegido en ese momento. Era un conejo indiferente. A lo mejor nos quería, pero nunca llegamos a saberlo.

He dicho lo de comerse una pata de un mueble, bueno, es que el Cobejo pasó de no hacer nada a portarse bastante regular. No era sólo que jugara al escondite por las mañanas, porque eso tenía su gracia, es que el Cobejo la había tomado con las patas de las sillas. Una vez que se quedaba

No era tampoco un conejo de defensa.

solo después de que nos fuéramos al colegio, el Cobejo empezaba a trabajar. Al principio, sólo les daba unos mordisquillos, pero luego se aficionó y había noches que yo entre sueños oía: "ras, ras, ras..." Se ve que para el Cobejo era como un trabajo cualquiera. El caso es que un día nos sentamos a comer y yo le digo a mi abuelo:

—Abu, estás torcido.

—Es verdad, papá, estás inclinado. Ponte bien, que luego te dolerá la espalda.

Mi abuelo intentó ponerse recto pero le resultaba imposible.

—Dios mío —dijo mi abuelo muy triste—. ¡Con lo que yo era, que era el tío más derecho de Mota del Cuervo! Esto es el principio del fin...

Pero mi madre pasó de escucharle, se levantó muy despacio y luego se puso a cuatro patas al lado de la silla de mi abuelo. Yo pensé: un abuelo inclinado, una madre a cuatro patas... En qué ambiente me estoy criando.

—¿Dónde está ese conejo, que lo mato? —dijo mi madre, y sonó tan en serio que todos nos levantamos y miramos la prueba del delito.

El conejo se había comido un buen trozo de una de las patas, así que, claro, era imposible sentarse recto. Ésta fue una de las primeras fechorías de nuestro tierno conejito. Por supuesto que ya no cabía en la caja de zapatos, se le había quedado pequeña. Lo malo es que daba la impresión de que la casa también se le estaba quedando pequeña porque se pasaba el día yendo de un lado a otro, como si estuviera muy ocupado y como si tuviera mucha prisa. Para que se quedara quieto, una noche lo até al radiador y, yo creo que sin mala intención, para entretenerse, empezó a comerse el mueble-bar. Ya te he dicho muchas veces que el mueble-bar es el mueble más importante de mi casa, así que cuando mi madre vio a qué se estaba dedicando el Cobejo, se puso a gritar como poseída que eligiéramos entre el conejo o ella. Se enfadó todavía más porque no dijimos nada, entre otras cosas porque nunca se ha visto en la historia de la humanidad que unos hijos se vean en la obligación de elegir entre una madre y un conejo, y porque... la verdad, sólo por no ver a mi madre en ciertos momentos muy desagradables, yo me quedaría con el conejo.

El viernes, después de que ocurriera lo del mueble-bar, mi madre esperó a mi padre en la escalera y, sin darle ni un beso y sin decirle ni hola, ¿cómo estás?, empezó:

—Quiere acabar con la casa, ha cogido la costumbre de hacer sus cosas al lado de mi mesita de noche, se está comiendo las sillas, ahora ha empezado con el mueble-bar, por las noches no deja de pasearse por la casa, parece un fantasma, y si lo atas, peor...

—La semana que viene le busco una granja. Se acabó el tema, Cata.

Así es mi padre. No le gusta tirarse mucho discutiendo de una sola cosa.

A mí me daba mucha pena que el Cobejo desapareciera de nuestras vidas, pero mi abuelo me convenció de que un conejo sólo se hace amigo de otros conejos, y que nunca llegaría a ser el mejor amigo del hombre, y que lo que le pasaba a nuestro conejo es que no tenía nadie con quien hablar y que por eso estaba atacado de los nervios.

Me estaba haciendo a la idea, pero el lunes ocurrió algo que cambió el final de esta historia. Cuando mi madre nos abrió la puerta a la vuelta del colegio, nos dijo:

—Salid a la calle y buscad al conejo, que hace un rato estaba limpiando la alfombrilla de la puerta y se ha escapado.

El Imbécil y yo bajamos corriendo. Dimos la vuelta a mi finca, fuimos a preguntar a la tienda de la Porfiria, que siempre se entera de todo, y luego fuimos al Tropezón, y luego fuimos al parque del Ahorcado, y al final fuimos al descampado que hay al lado de la cárcel y le gritábamos con todas nuestras fuerzas:

—¡Cobejo, Cobejito!

De vuelta al parque del Ahorcado nos encontramos a Mostaza, al Orejones y a Paquito Medina jugando al balón prisionero, y ellos dejaron el juego y también empezaron a gritar al aire para encontrar a nuestra mascota desaparecida.

Se hizo de noche y tuvimos que volver a casa. Yo quería haber ido a la policía o llamar al programa *¿Quién sabe dónde?*, pero mi madre dijo que ni la policía ni la tele se hacían responsables de un conejo perdido. De todas formas, yo escribí al programa y metí en el sobre una foto que me había hecho mi padre con el conejo en el portal. Les puse:

> *Éste es mi conejo. Mi hermano le llama el Cobejo. Es blanco y tiene un collar rojo con un cascabel. Le gusta comerse las patas de los muebles. No sabe ser cariñoso con nadie. Ofrezco una recompensa a quien lo encuentre: las 3.500 pesetas que tengo en mi hucha.*

Firmado:
Manolito García Moreno,
el dueño del conejo.

Mi abuelo dijo que no me hiciera ilusiones porque es muy difícil distinguir a un conejo de los otros millones de conejos que hay en el mundo mundial. Y mi madre dijo:

—No os preocupéis, es un animal salvaje y seguro que se busca la vida estupendamente. No nos echará de menos.

Yo no estaba tan seguro. Cómo no iba a echar de menos el Cobejo los paseos en brazos por el parque y los juegos al escondite por las mañanas.

Pasaron seis días y ni me contestaron de la televisión (tendrían otras cosas más importantes que hacer), ni nadie nos dio noticias de nuestro conejo. Yo no quise tirar el trozo de manta en el que dormía. A lo mejor volvía, quién sabe. Algunas noches, antes de acostarme, miraba por el cristal de la terraza al parque con la esperanza de verlo como una bola blanca andando por ahí. Pero nada.

El sábado celebrábamos uno de los aniversarios más importantes que se celebran en mi casa. Mucho más que el día de los enamorados para mis padres, mucho más que el aniversario de boda, que nuestros cumpleaños o que la Nochevieja: celebrábamos el día en que mis padres compraron el camión Manolito. Es el 11 de diciembre. Te lo digo para que todos los 11 de diciembre te acuerdes de nosotros, para que sepas que en una casa de Carabanchel (Alto), unos que se llaman los García Moreno estarán brindando por un camión y haciendo cuentas para ver cuánto les queda de deuda.

En ese día tan señalado, mi madre tira la casa por la ventana. Llena la mesa de patatas, aceitunas rellenas de las de Bernabé, pistachos, berberechos, y sale de la cocina llevando en las manos una comida superespecial que, con un poco de suerte, no se le habrá quemado (si se le quema, de todas maneras nos la tenemos que comer sin hacer comentarios que puedan poner en peligro nuestras vidas).

No te creas que yo no me acordaba del conejo. Me acordaba de vez en cuando. Bueno, aquel día concretamente no me acordaba nada, pero nada, nada. No soy inhumano, soy sincero. Lo estábamos pasando a tope echando en el vaso de la Coca-Cola patatas y aceitunas y lo que pillábamos. Mi padre había quedado en darnos una vuelta con el camión para ver la iluminación del centro. Es la tradición. La tradición continúa.

Se abrió la puerta de la cocina y nos llegó un olorcillo celestial que nos hizo chocar los cubiertos contra la mesa. Somos así de bestias, tenemos reacciones cavernícolas. Detrás del olorcillo venía mi madre con una paellera. Mi abuelo puso un periódico encima de la mesa y el arroz se quedó en el centro. El Imbécil gritó con la cuchara en alto:

—¡Al ataque!

Pero mi madre no nos deja que comamos de la paellera como hacen mi abuelo y mi padre, porque dice que sólo vamos a por el arroz y que nos dejamos los tropezones y que somos unos guarros y ponemos el mantel que parece un revolcadero de monos. Así que empezó a servirnos a cada uno en nuestro plato. El Imbécil vigilaba para que no le pusiera nada rojo, ni nada verde, ni algún trozo raro de carne.

—El nene no quiere pollo. Pollo no. Al nene el pollo le da asco.

—Pues si él se lo va a tomar sin pollo, yo también lo quiero sin pollo.

—Pero si esto no es pollo —le dijo mi abuelo.

—No os preocupéis, que yo puedo con todo —dijo mi padre, se desabrochó la riñonera de la cintura y se tocó la barriga—. Ya nada me lo impide.

—Pero si esto no es pollo —volvió a decir mi abuelo.

—¡Que da igual, papá! —le dijo mi madre echándole una mirada asesina a mi abu—. Les echo sólo arroz y en paz.

—¡Bien! —dijimos los dos hermanitos a coro, como si fuéramos unos niños bastante tontos.

—A mí me da igual que se lo coman o no se lo coman, lo único que digo es que lo que a ellos no les gusta es el pollo y esto no es pollo...

—Muy bien, tienes razón, pero cambia de tema, ¿o es que quieres darme la comida? —dijo mi madre, que estaba empezando a mosquearse por algo que no sabíamos.

—Manolo —le dijo mi abuelo a mi padre—, ¿quieres decirme por qué me habla de esa manera tu mujer?

—No lo sé, Nicolás, tú la conocerás mejor, que es tu hija.

—¡Que te calles, papá!

De repente, mi abuelo y mi madre se habían puesto a gritarse y nadie sabía por qué. Es difícil saber qué cara tiene uno que poner cuando no entiende de qué se está hablando.

—Al nene no le gusta el pollo.

Esto lo dijo el Imbécil, que pasa de todo, incluso cuando está superclaro que lo más sensato es estar muy quieto y sin decir nada, ser lo más parecido a invisible.

—No te preocupes, hijo mío, puedes comer todo lo que quieras porque no es pollo, esto es conejo.

Conejo... Esta palabra se quedó flotando en el ambiente. Después de que mi abuelo la pronunciara hubo un silencio bastante largo. ¿Eso que estaba a cachitos en la paellera entre el arroz, el pimiento y los guisantes, eso era un conejo? Parecía que sí y todos estábamos alrededor del conejo, como el día en que mi padre lo trajo en su caja de cartón, sólo que esta vez el conejo estaba sin piel, guisado y a trozos.

—¿Y qué conejo es éste? —le pregunté a mi madre.

—¿Este conejo es el Cobejo? —preguntó el Imbécil.

Mi padre, que se había quedado con un trozo de carne a punto de entrar en la boca, lo volvió a echar lentamente en la paellera.

—Lo compré ayer en la carnicería... No pensé en... Podéis comeros el arroz y dejar los trozos...

Las palabras de mi madre sonaron regular. Ya nadie miraba la paellera con alegría. No veíamos más que arroz con un cadáver troceado. Era espantoso.

—Será mejor que cambiemos el menú, ¿quién quiere unos huevos fritos? —preguntó mi padre.

Mi abuelo y el Imbécil levantaron la mano y yo me quedé callado, delante de mi plato, con la cabeza para abajo, como en un velatorio. Mi madre cogió la paellera y se la llevó, pero antes de salir del salón, le dijo a mi abuelo por lo bajini:

—¿Ya estás contento?

—No lo he hecho aposta. Ni me acordaba del conejo. Pero a quién se le ocurre, Catalina.

Luego, mi abuelo se acercó mucho a mi madre y creí entender que le preguntaba:

—¿Era el Cobejo?

No pude oír lo que le decía mi madre. Lo que sí sé es que ella salió con la paellera por la puerta. La seguí, silencioso y bastante intrigado. ¿Adónde iba? A casa de la Luisa. Me pareció que mi madre le daba unas explicaciones a la Luisa. A la que sí pude oír fue a la propia Luisa que, como siempre habla para toda la escalera, dijo muy clarito:

—Te lo agradezco mucho, Cata, pero no me voy a comer yo el conejo después del disgusto que se han llevado los niños. ¿Cómo podría volver a mirarles a la cara?

Me asomé por el hueco de la escalera y vi que la Luisa ya se había metido para su casa. Mi madre estaba en el rellano, parada, como sin saber qué hacer. Pasaron unos instantes de gran suspense y luego bajó las escaleras. Me metí a casa y me fui a la ventana para ver para dónde se dirigían sus pasos misteriosos. Esa mujer con la paellera, que era mi madre, salió del portal y se fue muy decidida al Tropezón. Allí estuvo cinco minutos interminables. Después salió, ahora sin la paellera.

Durante dos días, el señor Ezequiel estuvo poniendo de tapa (o tropezón) un platillo de arroz con conejo. Fui testigo. Entré sin que me viera nadie y pude ver con mis propios ojos cómo varios clientes probaban la tapa y decían:

—¡Mmmmmm, Ezequiel, esto es nuevo!

Y pude oír con mis propias orejas cómo Ezequiel decía con mucho morro:

—Mi señora, que tiene unas manos...

Pero no dije nada, no me sentía nada orgulloso de que aquel cadáver se hubiera cocinado en mi propia casa. La cocina del Infierno estaba en el hogar de los García Moreno.

Aquellos dos días fueron muchos los carabancheleros que degustaron el conejo. Cuando salían del bar los miraba como si fueran caníbales pero, claro, qué sabían ellos, qué hubieran hecho si hubieran sabido que se estaban comiendo al Cobejo de la correa roja y el cascabel, al que yo sacaba en brazos, al que jugaba al escondite y le flotaban los ojos a un palmo del suelo detrás del bidé.

Claro que yo nunca supe con seguridad si aquel conejo del arroz era el nuestro. Mi abuelo y mi padre no quisieron hablar más del tema y mi madre, de vez en cuando y sin venir a cuento, se defendía:

—Lo compré en la carnicería... No era el mismo, el del arroz pesaba tres kilos y el nuestro cuatro y medio...

Ya nunca más podré comer conejo. Y si como filetes de pollo o de ternera es porque no conozco a la vaca o al pollo personalmente. Mi abuelo me ha dicho que piense que mi conejo corrió, corrió y corrió y llegó hasta la Casa de Campo, donde vive feliz en compañía de alguna coneja salvaje. Yo me lo creo a ratos; otros, cuando veo a mi madre con el cuchillo cebollero en la cocina, se me coloca en la mente, a la altura de los ojos, una terrible sospecha.

CAPÍTULO CUATRO

Una pérdida irreparable

—Dame un *clinex*, por favor, lo necesito —dijo la Luisa a mi madre, que también estaba a punto de echarse a llorar.

La Luisa cogió el *clinex* con las puntas de los dedos, tan fina y delicada como la princesita del cuento y, después de limpiarse el ojo con un piquito, se lo puso en la nariz. Al sonarse hizo un ruido estremecedor. No quiero decir con qué compararía yo ese ruido, porque hay quien me acusa de pensar siempre en lo mismo, pero para que te hagas una idea, tan grande fue el ruido que mi abuelo, que estaba durmiéndose la telenovela con el Imbécil, se levantó de un salto tan espectacular que mi pobre hermano que estaba encima de él se fue rodando al suelo. Mi abuelo se llevó la mano al corazón para contener las palpitaciones y dijo:

—Ya sabía yo que algún día explotaría la botella del butano.

—Tranquilo, abu —le dije yo—, que ha sido la Luisa que se ha sonado los mocos.

—Pues eso se avisa —dijo mi abu—. ¿Qué tienes en las narices, Luisa, la sirena de un barco?

Pero ni mi madre ni la Luisa le hacían caso, lo único que les interesaba era contemplar su obra de arte recién terminada. Su obra de arte era yo. Me acababan de hacer un disfraz de pastorcillo para el belén viviente que la Asociación de Vecinos ha organizado este año en el parque del Ahorcado. Era la tercera vez que participaba en el belén viviente y estaba bastante contento porque éste era el primer año que me había tocado hacer de persona. Hace dos años hice de arbusto, el año pasado de cordero y estas navidades por fin me tocó la raza humana. Como verás, mi carrera de actor es completamemte fulgurante. Desde Harrison Ford no se recuerda otra cosa igual. Además, tío, yo tengo vocación, y eso se nota. Cuando hice de cordero me metí tanto en el papel que hasta me tuvieron que llamar la atención porque de los balidos que pegaba no se oía lo que decían los Reyes Magos. Pero es que yo la interpretación me la tomo muy a pecho.

Estaba supercontento de que este año pudiera hacer de persona. De pastorcillo, concretamente. Tenía una frase, la tenía que decir antes de que viniera el ángel a anunciarnos el nacimiento. Imagínate a todos los pastorcillos sentados en el suelo alrededor de una lumbre, heladísimos de frío, y voy y digo:

—Hace una nochecita de perros.

Dicho esto me callo para siempre. De acuerdo, no es una gran frase, pero no querrás que haciendo el año pasado de cordero me dieran este año el papel estelar de San José.

Yo, de momento, estaba que alucinaba con mi traje de pastorcillo. No me extraña que la Luisa y mi madre lloraran de emoción cuando me vieron con el disfraz. En muchos días no me lo quité ni para dormir, y de vez en cuando le decía a mi abuelo:

—Abu, ¿quieres que te haga el papel?

Y mi abuelo se sentaba en el sofá para disfrutarlo mejor y yo iba y le decía:

—Hace una nochecita de perros.

Mi abuelo decía que cada vez lo hacía mejor y él es un tío objetivo, ese tipo de cosas no las dice ni por ser mi abuelo ni por hacerme la pelota.

Todo parecía irme bien en la vida hasta que la Asociación de Vecinos llamó a mi madre para pedirle que el Imbécil hiciera un año más de Niño Jesús. Se me había olvidado un detalle importante: en esos años en los que yo tenía que conformarme haciendo de cordero y de arbusto, el Imbécil, que como es rubio parece bueno (ja, ja), salía siempre de Niño Jesús, y todas las señoras le decían a mi madre: "Qué ricura, mujer, qué ricura". Y mi madre se olvidaba de que uno de los corderos del belén viviente era también hijo suyo.

Así es que, cuando me enteré de que este año también tenía que hacer el Imbécil su aparición estelar, me dio un ataque de rabia silenciosa. Reconóceme que es humillante: yo tres años luchando por conseguir un papel de persona y él de protagonista desde el principio de los tiempos. No es justo.

Mi madre, al ver que me ponía de morros, dijo:

—No tengas pelusa, Manolito, tu hermano va a salir en pañales, no lleva un traje tan bonito y no tiene ninguna frase.

Es cierto, pero piensa: ¿A qué va todo el mundo al belén? A adorar al niño. Y que adoren a mi hermano mientras yo me quedo siendo un pobre pastorcillo me duele mucho. Me duele en el alma.

Para consolarme, mi madre me dijo que aprovechara mi traje de pastorcillo para ir por esas calles de Dios pidiendo el aguinaldo. Me dijo también que la gente no podría resistir la tentación de llenar los bolsillos de dinero a un pastorcillo como yo, con gafas, y con un disfraz tan bien hecho. También me dijo que el dinero me haría olvidar todos los malos ratos que me hace pasar mi hermano, igual que a ella el dinero de fin de mes le hace olvidar que mi padre no está nunca en casa. Como verás, los García Moreno somos una familia con grandes valores humanos (sobre todo en Navidad).

La verdad es que a pesar de que me jorobaba la eterna competencia que me hace el Imbécil desde que llegó a este mundo mundial, cuando me miré al espejo vestido con mi traje de pastorcillo, me dije:

—Estoy superchulo.

También pensé: "¡Cómo molo!", pero como eso ya lo había pensado este verano cuando me vi con mi bañador de palmeras salvajes, y está escrito en el tercer tomo de la biografía de mi vida, no quise repetirme. No es por tirarme el rollo, pero yo soy un niño al que le sobran frases. Como dice mi padrino Bernabé cuando se cambia de peluquín para ir conjuntado con la ropa:

—Renovarse o morir, Manolito.

Llamé a mis coleguitas, que se presentaron también de pastorcillos, y a las cinco en punto de la tarde el Orejones, Yihad, Paquito Medina, yo y Mostaza estábamos preparados para ser los primeros pastorcillos millonarios de la historia de la humanidad. Yihad empezó a sacarme faltas, como siempre:

—Los pastorcillos no llevan gafas.

Pero mi abuelo dijo que yo era el típico pastorcillo intelectual, un pastorcillo con una carrera superior. Yihad se me quedó mirando con bastante envidia y bastante rencor.

Mi madre me dijo que como perdiera algún complemento de mi magnífico disfraz (incluyendo las gafas) sería seriamente penalizado.

Íbamos a salir cuando va mi hermano y se pone a llorar de una manera que a mí personalmente me heló el corazón, porque no parecía un llanto humano, parecía el alarido de un extraño y salvaje animal del bosque. Del temblor que tenía en la barbilla no se le entendía lo que decía. Me señalaba a mí con el chupete. Todos acercamos nuestras orejas a su boca y escuchamos por debajo de sus terribles alaridos esa frase que ya es famosa en el planeta Tierra:

—El nene quiere con Manolito.

Maldita sea. Cuando se pone así es muy difícil negociar con él. Me acuerdo con nostalgia de hace un año, cuando era tan sencillo convencerle, y mi madre, para que yo no me lo tuviera que llevar, le decía:

—No llores, cariño, que Manolito le traerá al nene una bolsa de nubecillas y de ositos.

El Imbécil nos miraba con desconfianza, pero al final cedía y ponía muy serio su silla pequeña al lado del paragüero de la puerta, se sentaba y ahí se quedaba concentrado en el "chup-chup" de su chupete hasta que yo volvía. Había veces que me ponía tal cara de sufrimiento al decirme adiós, que yo me iba al parque del Ahorcado a jugar a un rescate con el Orejones, intentaba concentrarme en el juego, pero no daba ni una.

—Manolito, estás colgado.

La imagen del Imbécil esperándome al lado del paragüero me ponía una cosa en el estómago que tengo que confesar públicamente que me iba corriendo al puesto del señor Mariano, le compraba las nubecillas y los ositos, y se los subía a casa. A mí el Papa me tendría que hacer santo antes de muerto o me tendrían que llevar a la tele para que me hicieran una entrevista como el niño heroico del año. Cualquiera de las dos cosas molan, aunque como te den el título de santo (San Manolito, mártir) cuando eres niño, tienes la obligación de seguir siéndolo toda tu vida (por algo tienes el título) y eso, te lo digo desde ya, se me hace un poco cuesta arriba.

Pero a lo que iba, que el Imbécil ya no es el que era, que ahora uno no lo convence ni con nubecillas ni con una tarta Contessa que le subas. Total, que me lo tuve que llevar a pedir el aguinaldo. Mi madre no me dejó otra opción: o me lo llevaba o yo no salía.

—¡Pero si no tiene traje de pastorcillo! —le dije yo.

—No importa —dijo mi madre—, que se ponga el disfraz de Supermán.

Cinco pastorcillos y un Supermán con chupete. Reconócemelo, no era serio.

Pensamos que era una pérdida de tiempo ir por esas calles de Dios, exponiéndonos a que se riera de nosotros cualquier desaprensivo, así que decidimos ir a lo seguro: iríamos a las casas conocidas. Comenzamos por la casa de la Luisa. La pillamos en un mal momento, estaba viendo con unas amigas la grabación de una entrevista en profundidad con *lady* Di, así que no nos dejó cantar aquello de... "A esta puerta hemos llegado setecientos en pandilla, si quieres que nos callemos danos setecientas sillas". Pero nos dijo: "Otro día, bonitos", y nos dio una bolsa de galletas campurrianas y también nos dio con la puerta en las narices.

Luego bajamos al Tropezón, pero allí se jugaba la final de la Copa de Navidad de Guiñote (el juego de cartas favorito de mi abuelo). El señor Ezequiel nos dijo que desconcentrábamos a los jugadores, y mi abuelo, que cuando está jugando a las cartas no se acuerda ni de sus nietos, le dijo al mismo señor Ezequiel que nos diera cualquier cosa y que nos fuéramos. Nos dio unas bolsas de patatas rancias. Íbamos a cumplir con nuestra obligación de pastorcillos cantores, pero todos, los jugadores, los mirones del juego y el mismo señor Ezequiel, gritaron a una:

—¡A cantar a la calle!

En la panadería de la Porfiria no nos hicieron mucho más caso. Todo el mundo estaba pendiente de no perder la vez y de asesinar por la espalda a quien se colara. Ahí sí que empezamos a cantar nuestro villancico:

—¡A esta puerta hemos llegado setecientos en pandilla...! —empezamos bajito porque en el ambiente se sentía la tensión ambiental.

—¡Eh, eh! —dijo mi vecino de arriba—, que con el rollo del villancico estos niños se cuelan. Señora Porfiria, que no quiero tener líos...

La señora Porfiria nos hizo el típico lanzamiento de bollicao desde el mostrador. Tres para todos, y sin estar pasados de fecha...

—Somos más de tres —dijo desde la puerta el Orejones.

—Todavía me arrepiento y me los pagáis.

El Orejones, que es un insensato, quería seguir discutiendo, pero Yihad le agarró por la capucha de la chupa y le dijo:

—Cállate, Ore, más vale bollicao en mano que cien volando, a ver si me mosqueo y te quedas sin tu trozo.

En la ferretería nos regalaron unos tornillos. Los ferreteros nos dijeron que antes, en la época antigua, los niños se peleaban por cualquier cosilla miserable y que, sin embargo, ahora, los niños éramos unos mimaditos de la sociedad, que no nos conformábamos con nada, que no teníamos boca más que para pedir. Qué ambientazo navideño se respira en mi barrio en esas fechas. Parece sacado de una película americana.

Después de insultarnos en nuestras narices nos dijeron:

—Ahora, a cantar.

Mirando para el suelo, arrepentidos de pertenecer a este mundo, entonamos nuestra canción:

—A esta puerta hemos llegado setecientos... si quieres que te cantemos danos setecientas sillas...

Visitamos la mercería, los pollos fritos, la carnicería... No nos dieron dinero porque antes que nosotros habían estado pidiendo el aguinaldo los basureros, los del metro, los del gas, pero llegamos a mi casa con un botín muy extraño: unas bombillas fundidas, los tornillos, las patatas, los tres bollicaos de la Porfiria, unas cremalleras de la mercería y trescientas pesetas. No habíamos ganado tanto como queríamos, pero tampoco nos habíamos matado cantando. Hay que ver el lado positivo. ¿Es positivo pensar que los vecinos de mi barrio son superbordes? No, lo que hay que pensar es que cuando un carabanchelero está gastándose el dinero de todo un año para pasar las mejores navidades de su vida, no le gusta que vengan unos pastorcillos a interrumpirle. Es comprensible. Si tú nos oyeras cantar, tampoco nos habrías dado un duro, o a lo mejor nos lo habrías dado para que hubiéramos dejado de cantar, como hace mi abuelo cada vez que se encuentra con un tío tocando la flauta en la calle.

En la ferretería nos regalaron unos tornillos.

Mi madre nos abrió la puerta de casa con una gran sonrisa. Le empezamos a cantar nuestra canción:

—A esta puerta hemos llegado setecientos en pandilla...

—No os molestéis más, que ya me la sé.

Y se metió para la cocina:

—Os estoy haciendo un chocolate —dijo desde dentro.

Mi madre, algunas veces en la vida (contadas), es estupenda. Salió con el cazo del que salía humo y un olorcillo que nos dejó completamente hipnotizados. Seguimos al cazo (y a mi madre) hasta el salón. Las tazas ya estaban en la mesa esperando que cayera en ellas la poción maravillosa. Y también unos churros. ¡Mmmmmmmm!

Ella nos miró de arriba abajo: no habíamos estropeado los trajes para nada y a mi madre le encanta que los trajes no se estropeen. Todos nos metimos el pico de la servilleta por la camisa.

Mi madre se sentó en el sofá para admirar cómo sus cinco pastorcillos y su Supermán devoraban el chocolate con churros. Sus cinco pastorcillos y su Supermán... ¿Su Supermán?

—¡Manolito, te dije que no perdieras nada!

—Si no he perdido nada, mamá —me miré: el traje estaba perfecto.

—¿Estás seguro? —me gritó mi madre con ojos de terror y salidos de sus órbitas.

Yo me hice un repaso muerto de miedo: mi chaleco de borrego, mi zurrón, mi gorro...

—¿Qué me falta?

—Manolito, has perdido a tu hermano.

Dios mío, el Imbécil no estaba con nosotros.

No te pierdas mi próximo capítulo: muchas personas que lo conocen aseguran que es... ESCALOFRIANTE.

CAPÍTULO CINCO

Se busca

Resumen de nuestras desgracias: estábamos seguros de que íbamos a vaciar los bolsillos de los carabancheleros, pero no se estiraron nada. Sacamos un aguinaldo miserable, y encima, lo peor de todo, perdimos al Imbécil por el camino.

Cuando mi madre se dio cuenta de que habíamos vuelto sin el Imbécil se echó las manos a la cabeza como una loca de película (como una de esas locas que acaban tirando los cuadros y quemando las casas) y después de eso, completamente poseída, se quitó las manos de la cabeza, dejándose los pelos descolocados. Las manos entonces vinieron hacia delante, hacia mí, y por un momento yo pensé que venía a agarrarme del cuello y a asfixiarme. Tú en mi lugar hubieras pensado lo mismo. Así es mi vida familiar. Por eso, cuando yo veo una de esas películas de miedo, qué quieres, tío, no me hacen ninguna impresión. Para terror, el que paso yo en mi casa diariamente.

Bueno, debo decir, para no faltar a la verdad, que mi terrorífica madre se conformó con darme la clásica colleja y dejó el ahogarme con sus propias manos para otro momento con más tranquilidad. En navidades estaría feo, y ella es muy navideña.

¿Dónde estaba el Imbécil? Eso me preguntaba yo, eso se preguntaban mis amigos y eso te preguntas tú. Mi madre nos preguntaba:

—Pero, ¿se puede saber en qué momento lo perdisteis, pedazo de idiotas?

No, no se podía saber, sencillamente porque ninguno de nosotros nos habíamos acordado de él en todo el rato. Mi madre me gritó:

—¡Eso me pasa por confiar en ti!

Y yo pensé: "Eso te pasa por obligarme a llevarlo".

Sí, pensé eso, ya sé que soy un canalla, no hace falta que me lo repases por la cara.

Mi madre se puso el abrigo y bajamos corriendo las escaleras, ella y sus cinco pastorcillos (los idiotas: el Orejones, Yihad, Paquito Medina, yo y Mostaza). Teníamos que volver por cada uno de los sitios en los que habíamos estado.

Entramos en primer lugar en el Tropezón. En ese momento acababa de terminar la final de la Copa de Navidad de Guiñote. La había ganado mi abuelo y sus amigos lo estaban paseando a hombros de un lado al otro del bar. Mi abuelo gritó desde las alturas:

—¡Una ronda para todos, que invita el ganador!

Mi madre lo miraba con cara de odio desde la puerta.

—Otro idiota —dijo como para ella—, y éste también es de mi familia.

Yo intentaba decirle que se viniera a ayudarnos en la búsqueda angustiosa, pero mi abuelo no se enteraba de nada.

—¡Papá —le gritó mi madre—, que se ha perdido el nene!

Mi abuelo la saludó desde arriba con su vaso de vino.

—Vámonos, niños, que aquí estamos perdiendo el tiempo —dijo mi madre.

Ya nos íbamos cuando de repente sonó un golpe y un grito de dolor. El ruido era del ventilador y el grito de mi abuelo. Los que le llevaban a hombros habían saltado más de la cuenta y le habían golpeado la cabeza contra el ventilador del techo. Mi madre dijo con rabia contenida:

—Se lo tiene merecido.

Siguiendo nuestros propios pasos, del Tropezón nos fuimos a la panadería de la Porfiria. La Porfiria nos dijo nada más vernos:

—¿Pero otra vez aquí? ¿Es que no habéis tenido bastante con los bollos?

Y mi madre le contestó:

—Tampoco es que se te vaya a hundir el negocio por el gasto que has hecho.

Se miraron con máxima-tensión-ocular, pero mi madre, sin previo aviso, sacó el pañuelo para limpiarse una lágrima que todavía no le había salido.

—Que me han perdido a mi nene.

La Porfiria nos miró a los pastorcillos idiotas como si fuéramos asesinos, y olvidó completamente los odios del pasado con mi madre. Se puso el abrigo, echó el cierre y se vino con nosotros.

Los cinco idiotas, mi madre y la Porfiria llegamos a la ferretería. Mi madre le preguntó al ferretero:

—¿Han visto a mi nene chico vestido de Supermán por aquí? Es que me lo han perdido —esa terrible aclaración no se le olvidaba nunca.

El ferretero empezó a enrollarse:

—Pues no, pero no me extraña que lo hayan perdido, porque hoy en día los niños lo pierden todo, son unos mimaditos de la sociedad actual. Pierden todo porque no valoran lo que tienen, ¿y por qué no valoran lo que tienen?

Ante la pregunta, los otros ferreteros pusieron cara de NPI (ni puñetera idea).

—No valoran lo que tienen porque lo tienen todo. Cuando yo era niño, con una simple caja de cartón ya tenías un juguete, y con un tornillo...

—El tornillo es el que le falta a usted —le dijo la Porfiria—. Será posible, el tío, el momento que ha elegido para darnos la charla.

—¿Lo ha visto o no lo ha visto? —le preguntamos.

—No...

—Pues que le den...

Y yo pensé: "morcillas", porque siempre me angustian las frases sin acabar.

Salimos de la ferretería hacia la siguiente tienda. A mí se me estaba viniendo el mundo encima: me imaginaba al Imbécil con su capa de Supermán encima del abrigo, con su verdugo y su chupete, solo por un descampado y llamándome a voz en grito:

—¡Manolitoooooooooo! ¡El nene quiere con Manolitoooooooooo!

Me imaginaba unas navidades sin el Imbécil, sin esos números que nos monta de atragantamiento mortal con un polvorón, sin ver cómo se mete debajo del mueble-bar cuando mi padrino Bernabé descorcha la sidra El Gaitero, sin el sonido de su pandereta, esa pandereta que se pasa tocando desde que se levanta hasta que se acuesta (en navidades

Solo por un descampado y llamándome: ¡Manolitoooooo!

duerme con la pandereta), sin esos villancicos babeantes que nadie ha logrado comprender jamás porque no está dispuesto a quitarse el chupete para cantarlos, sin ver cómo se coloca con mi abuelo delante de la tele y se traga toda la retransmisión de la Lotería del Niño. Está convencido de que la Lotería del Niño la hacen en honor suyo, no entiende que en este mundo hay otros niños aparte de él.

Unas navidades sin el Imbécil... ¿Puedo imaginármelas después de que lleva dando la barrila cuatro años, desde que era diminuto y sólo servía para llorar hasta destrozarte los tímpanos, hasta el momento histórico en que aprendió esa frase que conoce media Humanidad: "El nene quiere con Manolito"? ¿Tienen sentido unas navidades así? Todas estas preguntas iba yo haciéndomelas siguiendo a la procesión que le buscaba por un lado y por otro y que cada vez era más grande: los cinco idiotas, mi madre, la Porfiria, el señor Mariano, el chino del Ching-Chong... No, si no estaba el Imbécil ya nunca más habría navidades, desaparecerían del planeta Tierra. Me saqué un *clinex* del zurrón porque tenía las gafas empañadas de lágrimas.

Toda la búsqueda fue inútil: ni en la mercería, ni en la tienda de pollos fritos, ni en la de electricidad... Nadie había visto a Superchupete por allí.

Subimos las escaleras de casa sin ilusión. Mi madre iba a llamar a la policía, a *¿Quién sabe dónde?* y a los avisos urgentes de Radio Nacional.

De repente, cuando llegamos al segundo, al rellano de la Luisa, oímos una voz conocida que en un extraño idioma cantaba: "Pero mira cómo beben los peces en el río..." Mi madre llamó a casa de la Luisa sin separar el dedo del timbre hasta que ella abrió. La Luisa le abrió la puerta, no nos hizo mucho caso porque tenía un ataque de risa y se limpiaba las lágrimas con una mano. Nunca en mi vida olvidaré lo que vieron mis gafas: el Imbécil estaba subido encima de la mesa del salón, se había puesto la capa de Supermán en la cabeza, como si fuera un árabe, y aporreaba la pandereta y cantaba con el chupete en la boca mientras todas las señoras le hacían palmas, embobadas con el gran artista de la canción.

Ni al cantante ni a las espectadoras parecía importarles mucho nuestra presencia. Mi madre abrió los ojos, abrió la boca, abrió los agujeros de la nariz. Resumiendo: todos los orificios de la cara se le abrieron, quedándose así durante bastantes segundos. Por fin, tragó saliva y logró decir algo con una voz extraña y muy suave:

—¿Desde cuándo está aquí?

—Pues desde que vinieron los niños a pedir el aguinaldo. Mi chiquitín —al decir "mi chiquitín" la Luisa cogió al Imbécil en brazos— se apoltronó en el sofá y se quedó con nosotras. Se ha comido toda una bandeja de polvorones y se ha visto entera la entrevista con *lady* Di. Nos ha dicho que entiende el inglés.

Todas las señoras pusieron una sonrisa bastante ridícula para decir a coro:

—¡Qué riiiiiiico!

El señor Mariano, la Porfiria y el señor chino se despidieron alegrándose de que el final de la historia hubiera sido feliz. Pero los cinco pastorcillos y mi madre no acabábamos de reaccionar, nos habíamos quedado paralizados.

—Pero, venga, pasad —dijo la Luisa—, que se me va el calor.

Entramos todos lentamente. Mi madre se sentó y dijo con la misma voz de antes, extraña y suave:

—Luisa, yo me tomaría algo para entrar en calor...

—¿Un café con leche?

—Mejor una copa de coñá, si no te importa.

Por primera vez en mi vida vi cómo mi madre, que jamás había probado el coñá, se tomaba la copa de un solo trago mientras todos los presentes la mirábamos en silencio. Puso los ojos en blanco, se llevó la mano al pecho y luego se dio aire en la boca con la mano, como si fuera un abanico. Miró a su alrededor y rompió aquel silencio sepulcral con esta frase:

—Bueno, qué tal, chicas, después de ver la entrevista, ¿con quién estáis, con *lady* Di o con el príncipe Carlos?

Las amigas de la Luisa se pusieron al momento a discutir de *lady* Di y del príncipe como si los conocieran de toda la vida, de si *lady* Di iba a vivir ahora la mar de a gusto sin aguantar a esa suegra, que según la Luisa, era clavadita a la suya y debía de tener la misma mala leche. También hablaron de las orejas del príncipe que, según la Luisa, se debía de haber hecho una operación de empequeñecimiento, porque le había notado que tenía la oreja izquierda más pequeña que la derecha. El Orejones se interesó mucho por este tema (por razones que puedes imaginar) y preguntó si es que primero te operaban de una oreja y a la semana de la otra, pero no pudieron darle una respuesta satisfactoria y se quedó muy pensativo toda la tarde.

Mientras las señoras se zampaban una bandeja entera de turrón de Alicante y ponían verde a toda la familia real inglesa, mi madre hizo algo completamente inesperado: en vez de coger en brazos al niñito de sus ojos, al Imbécil, como hace siempre que está hablando con sus amigas, me subió a mí, y dándome unos besos que apestaban a turrón y a coñá, me dijo al oído:

—Algún día, Manolito, ese renacuajo que ves ahí acabará con nosotros.

Sí, lo estaba viendo ahí, se había sentado en el sofá, al lado de Yihad, que se estaba comiendo uno de los bollicaos. El Imbécil le pasaba la mano por el hombro, y de vez en cuando le daba un bocado inesperado al bollicao de mi enemigo. Yihad le reía la gracia. Hay momentos en la vida que las cosas funcionan al revés: yo estaba en brazos como un niño pequeño y el Imbécil le tomaba el pelo al tío más peligroso de mi colegio.

Y por una vez pensé que mi madre tenía razón, el Imbécil acabaría con nosotros... Tenía toda la razón del mundo mundial.

CAPÍTULO SEIS

No quiero ni acordarme

En esta historia sale mi padre y, la verdad, no sale muy favorecido. ¿Por qué la cuento entonces? Porque yo sé que tú también habrás vivido en alguna ocasión la terrible experiencia de ver cómo tu padre, ese gran hombre, tu héroe, hace el payaso públicamente. Empezaré, una vez más, por el principio de los tiempos.

El día antes de la Cabalgata de Carabanchel (Alto), yo y el Imbécil nos pusimos a saltar sobre mi padre para convencerle de que nos llevara él a la Cabalgata. No es que no queramos que nos lleve mi abuelo, pero es que a mi abuelo Nicolás lo único que le interesa de la Cabalgata son las *majorettes*, o como las llama él, las chicas del bastoncillo. Se pone a su lado y nos hace seguirlas durante todo el recorrido. Y nosotros le preguntamos angustiados:

—Abuelo, ¿por qué no nos quedamos quietos hasta que pasen los Reyes?

Pero mi abu, que siempre es tan bueno con nosotros, cuando ve a las chicas con sus minifaldas dar vueltas por los aires al bastoncillo, nos dice:

—No seáis caprichosos, qué más os da, el resto no tiene ningún interés, ¿es que nunca podéis dar gusto al abuelo...?

Así que desde que tengo uso de razón lo único que he visto de la Cabalgata son piernas y piernas de las *majorettes*, y mi abuelo andando hipnotizado detrás de ellas y nosotros detrás de mi abuelo porque, para colmo, si nos perdemos del abuelo, luego mi madre nos echa una bronca mortal, y qué quieres que te diga, las chicas molan, pero como niño que soy también me gusta todo ese rollo de los Reyes con sus barbas postizas tirando caramelos contra los cráneos de los niños y los niños tirándose de los pelos unos a otros por esos caramelos que son auténticos de Oriente, de una fábrica que se llama Caramelos Paco.

Comprenderás entonces que si saltábamos encima de mi padre para que nos llevara él no era por capricho, era por tener la oportunidad de ser como esos otros niños que admiran emocionados todas las carrozas de la Cabalgata. Pero mi padre dijo con una sonrisa misteriosa:

—No podré llevaros porque tengo cosas que hacer.

—¡Si mañana no vas a trabajar! —le dije yo mientras el Imbécil le tiraba con rabia de los pelos del ombligo (es que mi padre tiene la barriga llena de pelos, no sé si te lo he dicho).

—¡Ay, qué daño me ha hecho el niño este! —y nos echó a los dos al suelo—. Lo único que me faltaba, tener una tarde libre y dedicarla a la Cabalgata. Que os lleve tu madre.

—Qué fácil es decir que os lleve tu madre, como si no tuviera yo otra cosa que hacer. Que os lleve tu abuelo —dijo mi madre.

—No os preocupéis, bonicos, que aquí está vuestro abuelo que hará un sacrificio y allí estaremos: en primera fila —dijo mi abuelo con una sonrisa soñadora (te puedes imaginar con quién estaba soñando).

Otro año más con el abuelo. Es como una maldición.

Pero este año no fuimos solos. Nos juntamos con el abuelo de Yihad, con el propio Yihad y con el Orejones. Los abuelos se tomaron un coñá antes porque mi abuelo dijo que las personas mayores no deben exponerse a las Cabalgatas sin haberse metido previamente calor en el cuerpo. Dijo que se lo había recetado el médico a espaldas de mi madre, y nos advirtió que no se lo dijéramos a ella, porque a mi madre no le gusta que ni mi abuelo ni nadie vaya al médico a espaldas suya. Es horriblemente controladora.

La Cabalgata pasaba por el parque del Ahorcado, así que hacia allí nos fuimos. Yo iba de mal humor. Me imaginaba que en cuanto mi abuelo viera a las chicas del bastoncillo emprendería su tradicional carrera navideña y yo me quedaría a dos velas.

Para empeorar las cosas, el Imbécil se quedaba atrás continuamente porque cada dos por tres cogía algo del suelo y se lo metía al bolsillo, y como te despistaras, peor, se lo metía a la boca. Es un niño sin escrúpulos. El Orejones se despistaba y se quedaba embobado mirando farolas; él es un gran observador de cosas que no tienen ningún interés. Los abuelos se paraban a saludar a cualquiera cada cinco minutos, a personas que tampoco tenían ningún interés. Y Yihad se iba corriendo y sólo volvía para ponerme una zancadilla.

Qué grupo. Era lo menos parecido a las personas normales. El más normal era yo, eso te da una idea del resto.

Llegó el momento: las *majorettes* abrieron la Cabalgata. Mi abuelo se sacó el peine del bolsillo, se hizo ras y ras, para atrás y para atrás, y después de peinarse se ajustó la dentadura para la ocasión y empezó a seguir la música con la cabeza y con las manos, como si dirigiera una orquesta. Se le iban los pies detrás de ellas, pero el abuelo de Yihad le agarró por detrás tirando de la bufanda y le dijo:

—Nicolás, este año no puede ser.

Mi abuelo se quedó parado, viendo con inmensa nostalgia cómo se alejaban sus chicas queridas. Ya sólo podíamos ver los bastoncillos, que de vez en cuando aparecían muy alto, por encima de todas las cabezas.

Pero yo no estaba para compadecer a mi abuelo porque detrás de las *majorettes*, montados en sus gigantescos caballos, llegaban los Reyes Magos, los genuinos, los que habían recorrido medio mundo hasta llegar a Carabanchel. Nos tiraron caramelos Paco de Oriente. Uno de ellos me dio directamente en las gafas. Casi me las rompe, pero qué más daba. Eso molaba. Eso era una señal, seguro. La señal de que habían recibido mi carta y estaban dispuestos a traerme las veinticinco cosas que había pedido y no como todos los años, que pido veinticinco y se les olvidan veinte. El golpe del caramelo venía a decir: "Tendrás todo lo que has pedido, Manolito, porque nos caes bien, eres un tío simpático".

El Imbécil me empezó a tirar de la chupa para que me agachara y luego me dijo, señalando con el chupete:

—Se cagan.

Se refería a los caballos. Él es así, capaz de estropearte el momento más emocionante de tu vida con ese tipo de observaciones.

Pero qué me importaban las cacas y el mundo si había conocido en persona a Baltasar, mi rey negro. De repente, la gente se empezó a reír. No se reían de los Reyes, es que detrás de sus majestades venía una banda de romanos con sus lanzas. Yo me eché a reír también: nunca había visto unos romanos como éstos. Eran romanos medio calvos, romanos con riñonera, romanos con gafas, romanos con barriga... De vez en cuando se sacaban una petaca de la riñonera y se echaban un trago, al público le ofrecían una bota y la gente bebía y les aplaudía. Había un montón, pero lo más gracioso era que, según se iban acercando, los ibas reconociendo a todos: el señor Ezequiel (el dueño del Tropezón), el señor Mariano (el de las chucherías)... había hasta un romano chino, el dueño del Ching-Chong. Yihad, el Orejones y yo nos teníamos que sujetar la tripa de la risa que nos daba. Desde luego, habían conseguido que los Reyes Magos pasaran a un segundo plano. Entre ellos me pareció distinguir de pronto a mi padrino Bernabé. Era difícil por el casco que llevaban y porque iban muy apelotonados, pasándose todos el brazo por encima de los hombros del romano de al lado. Alguien le gritó:

—¡Bernabé, que los romanos todavía no habían inventado el peluquín!

Mi padrino, que no se corta (ni un pelo), saludó con el peluquín como si fuera un sombrero. Luego... no lo podía creer: ¡el padre del Orejones! hablando, claro, por su inseparable teléfono portátil. El Orejones se quedó de piedra. Yo le iba a dar el pésame, le iba a decir: "Vaya papelón que está haciendo tu padre. Te acompaño en el sentimiento, Ore".

Se lo iba a decir sinceramente, porque soy un tío al que le gusta estar codo a codo con sus amigos cuando éstos están pasando un mal trago. Pero antes de que esas palabras

Eran romanos medio calvos, romanos con riñonera...

pudieran salirme de la boca, mis propias gafas reconocieron a Manolo García, mi propio padre, mi héroe hasta ese momento de la historia del mundo. Yihad soltó una carcajada asesina y me dijo:

—Manolito, si yo estuviera en tu lugar escondería la cabeza en la chupa.

Pero se tuvo que tragar sus palabras, porque en la tercera fila de romanos había un tío con cara de comerse a los leones vivos, era... ¡el padre de Yihad!

Nuestros padres, los únicos que tenemos, cogidos por los hombros, enseñando sus patas peludas, levantando los dedos con la señal de la victoria para saludar a la gente. ¡Qué vergüenza!

Me pegué las gafas todo lo que pude para comprobar esa horrible visión. Aquel romano de la barriga sobre la riñonera, ¿podía ser el auténtico Manolo García, ese señor que conducía el camión Manolito, ése que estaba en una foto encima de la tele al lado de una mujer vestida de novia que era mi propia madre?

Nos subimos el cuello de las chupas y nos retiramos discretamente, intentando pasar desapercibidos. Lástima no tener a mano unas gafas negras de sol. Óscar Mayer, un compañero, nos gritó:

—Mi padre no ha salido en la cabalgata porque dice que no le gusta hacer el ridículo.

Mejor largarse. Nos fuimos consolando por el camino de la vergüenza que nos daba.

Bueno, había cosas peores, como el día en que el padre de Jessica se disfrazó de payasete para un cumpleaños, o el día en que el padre de la Susana imitó al Puma en un concurso de la Asociación de Vecinos.

Cuando se acabó la Cabalgata respiramos aliviados, pero entonces fue aún peor: los romanos se habían trasladado al Tropezón y estaban allí tomándose unas copas y cantando a gritos. Lo último que vi de aquel espectáculo que quiero borrar de mi memoria fue a mi padre bailando con el padre de Yihad un pasodoble.

—Será mejor que nos vayamos a dormir —dijo Yihad, que por primera vez en su vida estaba rojo hasta las orejas.

Cuando llegamos a casa, mi madre preguntó con una gran sonrisa:

—¿Habéis visto a papá?

Yo no dije nada. El Imbécil, sin embargo, resumió con su gran don de palabra los acontecimientos más importantes:

—Se cagaban.

Se refería a los caballos. Como mi padre no volvía, nos pusimos a cenar, y como mi padre no volvía, nos fuimos a dormir. Sólo mi madre se quedó levantada, esperándole. Por fin, muy tarde, sonaron sus llaves. Oí a mi padre que decía muy despacio:

—Me he retrasado un poquillo...

Y a mi madre que decía:

—El último año que vas en la Cabalgata.

No se oyó nada más y yo me dormí tranquilo, porque a mí de lo único que me gusta que se disfrace mi padre es de lo que va siempre: de camionero.

Ah, de los veinticinco regalos se olvidaron veintiuno, como siempre. Pero no me importó. Porque, por fin, se acordaron de que la ilusión de mi vida era la videoconsola. A la tercera va la vencida, los dos años anteriores poniéndoles lo mismo, pero se ve que me confundían con otro, o que estaban dolidos porque nunca me quedaba a verlos. Se ve que me agradecieron el que este año no me fuera detrás de las del bastoncillo. Ese caramelo mortal en la gafa fue el gran mensaje, y el que no lo entienda, será porque no quiere, descarao.

A mi padre los Reyes le trajeron una banqueta para el mueble-bar igualita a las del Tropezón, pero no la pudo usar porque se pasó todo el día tumbado en el sofá con dolor de cabeza y bebiendo agua con sal de frutas que le llevaba mi madre.

—No te preocupes, Manolito —me dijo mi madre con una sonrisa misteriosa—, este romano no volverá a la guerra.

Y con esta promesa yo me quedé superaliviado.

CAPÍTULO SIETE

El esquirol

Yo entiendo que es difícil de creer lo que me pasó aquella semana en que estuve a punto de morir, así que mejor no te lo cuento, porque si te lo cuento, irás comentando por ahí que soy un tío exagerado y que todo lo que sale por mi boca es una mentira podrida y que me vaya a darle la barrila a otro más inocente que tú. Claro, que si no te lo cuento pensarás que voy por la vida de niño interesante y misterioso. Bueno, te lo contaré con pelos y señales para que veas que es verdad, porque es imposible inventarse una mentira tan gorda.

Y ya que te lo cuento, pues lo hago desde el principio de los tiempos.

Esto es que un lunes de no hace mucho me había quedado hipnotizado delante de un vaso de leche con Cola Cao. No te lo creerás, pero después de cada sorbo había más leche en el vaso. Este tipo de fenómenos paranormales se dan con bastante frecuencia en Carabanchel (Alto). Parapsicólogos de todo el mundo han asistido a los desayunos de cientos de niños carabancheleros y han llegado a la siguiente conclusión:

Efectivamente, hemos de admitir ante la opinión pública mundial que este hecho extraordinario se produce en algunas casas de ese extraño barrio llamado Carabanchel. Lo curioso es que sólo se manifiesta en los vasos de los niños a los que no les gusta la leche. ¿Se deberá esto a un castigo de orden sobrenatural?

Al mismo tiempo, fueron estudiados algunos viejos de la tercera y de la cuarta edad, entre ellos mi abuelo. A los viejos también les ocurrían fenómenos extraños con la leche, que los parapsicólogos resumieron así en su documento mundial:

Algunos ancianos de esa zona paranormal derraman casi a diario los vasos de leche que les ponen sus hijas para el desayuno. ¿Es que les tiembla el pulso?, nos preguntamos. No, porque según sus propias hijas jamás derraman un vaso de vino. La verdad es que es un barrio más raro que el Triángulo de las Bermudas.

Los científicos tienen razón, a mí me crece la leche en el vaso y debe de ser porque soy uno de esos niños a los que la leche no les gusta. Dice mi madre que peor para mí, que de mayor seré como mi padre: un Manolo tipo llavero o Manolo de bolsillo.

Empecé esta historia en el momento en que me había quedado colgado mirando el vaso y pasó mi madre por mi lado y dijo:

—Manolito, espabila, que se te va la olla a Camboya.

Esta frase debería ir acompañada por su correspondiente colleja, que es a lo único que yo hago caso, porque a mí las buenas palabras no me dicen nada, pero a mi madre se le quedó la mano paralizada en el aire y dijo la frase mágica:

—Este niño tiene chapetas.

Cuando mi madre dice "este niño tiene chapetas", que son unos colores que me salen en los mofletes cuando estoy a punto de morir, quiere decir "cosas maravillosas":

1. Que por lo menos caen tres días sin ir al colegio.

2. Que puedo llamar a mi madre cada tres minutos desde la cama para que me traiga zumos o algún tebeo o, simplemente, por molestar.

3. Que al Imbécil no le dejan que me dé besos por si le pego la gripe, y eso es un alivio, porque últimamente le ha dado por quererme incontroladamente y me llena la cara de babas producidas por ese vicio que no le podemos quitar: el chupete.

Bueno, pues vino el doctor Morales a casa y mi madre aprovechó, como siempre, para ponerme verde:

—Claro, cómo no se va a poner malo, si es un niño que no quiere comer naranjas y está sin defensas vitamínicas porque es un niño propenso. Desde que nació este niño es muy propenso.

Así que el doctor Morales, para conseguir que mi madre se callara, me mandó unos sobres repugnantes, que encima de estar para vomitar te ponen bueno a los dos días, y se largó a escuchar a otras madres con otros hijos propensos.

El martes, como estaba con un pie aquí y otro en el cielo celestial, que es donde vamos los niños, con los angelitos, mi madre se portó como una de esas madres que salen en las películas de *Estrenos TV*, hasta parecía rubia (visiones producidas por la fiebre): me daba besos, me tocaba la frente, me hacía zumos y no me regañaba si bebía como un pavo.

Pero el miércoles tuve la mala suerte de ponerme algo mejor, y yo, que ya debería ser un experto en estos procesos gripales y saber que lo mejor para que te dejen pasar toda una semana en casa es no molestar, me puse un poco más pesadito de la cuenta (no lo puedo evitar): le pedí que me pusiera la tele por la mañana y que me trajera un bollo de la panadería, y empecé a saltar en la cama para hacer que el Imbécil saliera despedido hacia el techo. Que conste que lo hago por él, es su juego favorito de la última temporada: el Imbécil se sienta en la cama con el chupete y yo tomo carrerilla desde el salón y pego un bote con todas mis fuerzas en el colchón. El Imbécil salta por los aires y le dan unos ataques de risa que pierde el chupete por el camino. Es un niño amante del riesgo. Una vez lo impulsé tan fuerte que se fue volando fuera del colchón. Menos mal que pasaba mi abuelo por allí y lo cogió de chiripa. Casi le tuvimos que hacer la respiración boca a boca porque la risa no le dejaba volver en sí. Él quería que volviéramos a repetir la jugada, pero mi abuelo nos dijo que no tenía ni el corazón ni los bíceps preparados para esas emociones.

Todas estas diversiones consiguieron que mi madre dejara de ser la madre de *Estrenos TV* y volviera a ser una madre cualquiera de Carabanchel (Alto). A las madres de mi barrio les molesta que un niño enfermo se empiece a divertir a pesar de su espantosa enfermedad. Es así desde que mi barrio existe. Mi madre me soltó una de sus amenazas mortales:

—Vas a ir pronto al colegio, Manolito, porque me estás poniendo cardiaca.

Ella no aguanta nuestras risas histéricas, ni aguanta que se la llame a cada momento, y yo, una vez que estoy en la cama, tengo tentaciones de llamarla a cada momento:

—¡Que se me ha acabado el tebeo! ¡Que se me han empañado las gafas debajo de la sábana! ¡Ráscame la espalda! ¿Por qué no me traes una Coca Cola en vez de otro zumo?

También le pedí que me trajera otra vez al Imbécil, ahora para jugar al guiñote, que me ha enseñado mi abuelo. Al rato la llamé para que se llevara al Imbécil, porque el Imbécil es todavía analfabeto, y después de que me pasé cinco horas explicándole el jueguecito, el tío pasaba de todo y se ponía a cantar las cuarenta todo el rato, como si uno pudiera cantar las cuarenta cuando le saliera de las narices, y luego, cada vez que perdía, se ponía a llorar automáticamente.

Por la tarde vinieron a verme el Orejones y Yihad, y se pusieron a darme envidia con lo bien que se lo habían pasado en el recreo jugando a la peste bubónica, y luego se pusieron a partirse de risa contando que Yihad se había agachado a coger un lápiz y le había visto las bragas a la sita Asunción (nos juró que eran negras) y que ir al colegio molaba que te pasas y que no sabía lo que me había perdido. Yo estaba alucinado: era la primera vez en mi vida que escuchaba a mis amigos decir cosas buenas del colegio. Además, el Orejones y Yihad parecían superamigos. Yo pensé: "Falta uno al colegio dos días y el mundo cambia por completo".

Después se metieron en mi cama con las botas llenas de tierra y todo, y mi madre entró en la habitación y les echó a la calle tratándolos tan mal como si fueran sus propios hijos.

Desde ese momento no dejó de protestar por la vida que le dábamos entre todos. Le dijo a mi abuelo que se buscara un sitio para comer, que pensaba hacer huelga general, porque ella, por no tener, no tenía ni contrato:

—El contrato de matrimonio, Catalina. ¿Te parece poco?

Y mi madre le contestó:

—Ése es el famoso contrato basura. No tiene ni vacaciones ni pagas extraordinarias.

Mi abuelo le dijo:

—Por mí no te preocupes, yo también voy a hacer huelga: soy el viejo de los recados y el canguro de los niños, y todo eso con una pensión que no me da ni para fugarme a Carabanchel (Bajo).

Luego, cuando llamó mi padre por la noche, mi madre le volvió a soltar el mitin de la huelga y mi padre le contestó:

—Pues iremos juntos, porque yo estoy harto de vivir en la cabina de un camión y de comer suela de zapato con patatas y de hablar con mis niños por teléfono y de ser pobre hasta después de mi muerte.

El Imbécil se puso a llorar desconsoladamente.

—¿Pero a este niño qué le pasa ahora?, ¿no te estarás poniendo malo tú también, que me da un ataque? —le preguntó mi madre en estado de máxima alerta.

—El nene quiere ir a la huelga con Manolito.

—Y con tu mami también, corazón mío —le dijo mi madre, estampándole dos besos mortales en la cara.

—No, con mami no, con Manolito.

—Sí, hijo mío, sí, a mí dadme de lado, que es lo que hacéis todos en esta casa. ¡Con la de feos que le hace el hermano y siempre lo quiere más que a mí!

—Cata, hija mía —le gritó mi abuelo desde el sofá-cama—. Vete a dormir, que hoy no es tu día.

Así son las noches en el hogar de los García Moreno: todo paz, todo armonía.

Mi madre entró en la terraza, me vio jugando a las siete y media con mi abuelo y dijo:

—Y tú, mañana, arriba, que vas a acabar siendo un ludópata, como tu abuelo.

Siempre se tiene que vengar conmigo de todas sus desgracias.

Yo me dormí enseguida porque, aunque llevaba durmiendo casi todo el día, parecía que tenía en el cerebro una cantidad inmensa de sueño acumulado; además, los sobres repugnantes del doctor Morales tienen más efecto somnífero que los ojos de Ka, la serpiente de *El Libro de la Selva.*

Soñé que mi madre, en vez de darme el sobre del doctor, me echaba unos polvos venenosos mezclados con el zumo. Menos mal que la espiaba silenciosamente y la descubría a tiempo haciendo la mezcla en la coctelera del mueble-bar. Y cuando ella me los traía a la cama con una sonrisa llena de dientes negros, yo le decía:

—No te preocupes, mami, ahora me lo beberé.

Ella me daba un beso y se despedía así:

—Esto te pondrá bueno para siempre, cariño.

Yo esperaba a que se fuera y entonces, temblando de miedo, iba hasta la cuna del bebé gigantesco y le decía:

—¿Tienes sed?

Y el Imbécil se quitaba el chupete y se lo bebía todo de un trago.

De repente, me desperté sudando como en las películas y me fui corriendo a ver si el Imbécil estaba vivo, porque en aquellos momentos me sentía como un niño criminal. ¡Uf, qué alivio!: respiraba como siempre, haciendo ruido por la nariz, como un cerdito. Me volví a la cama con la tranquilidad de no ser un asesino y me puse a esperar a que se hiciera de día.

Eran las ocho y media y nadie se despertaba. Me fui a la habitación de mi madre y di tres golpes en la puerta: es mi contraseña para pedir los Chococrispis. Mi madre dijo:

—Te los preparas tú, que ya estás bueno.

Me los preparé y me vestí. Nadie se levantaba y yo iba a llegar tarde al colegio. No es que me hubiera dado un ataque de responsabilidad fortuito, es que me tenía frito eso de que Yihad le hubiera visto las bragas a la sita Asunción. También me daba rabia que Yihad y el Orejones se hicieran coleguitas del alma. Me había levantado teniéndole mucha rabia al Orejones: mi mejor amigo me traicionaba en cuanto me daba la vuelta. Tenía que ir a la escuela para aclarar todas esas cosas que estaban sucediendo a mis espaldas.

Aquella mañana tenía en la cabeza cantidad de pensamientos, casi no me cabían en el cerebro: de la rabia al Orejones pasaba a imaginarme las bragas negras aterradoras de la sita Asunción. Aunque a lo mejor Yihad se había tirado el moco conmigo y eran blancas (como las que llevan todas las señoras gordas). Luego me entraban los nervios porque estaba loco por jugar a la peste bubónica, y eso que siempre me toca hacer de peste bubónica. Agarré la cartera y me fui al colegio.

Por el camino iba como flotando, pero bueno, eso siempre me pasa cuando he estado varios días malo en casa, que luego no me acuerdo de cómo se anda por la calle. Me quedé un poco decepcionado porque no me encontré con nadie que me preguntara: "¿Cómo estás de tu terrible enfermedad, Manolito?" A mí me encanta hablar de mis enfermedades, en eso he salido a mi abuelo. Ni tan siquiera el señor

Soñé que mi madre me echaba unos polvos venenosos...

Ezequiel me saludó desde la puerta del bar como todas las mañanas. El Tropezón estaba cerrado.

Cuando llegué al colegio, resulta que tampoco había ni madres ni niños por ningún lado. Miré mi superreloj de alta precisión: la hora era la justa. Todo estaba siendo tan raro que me puse a pensar que a lo mejor estaba soñando otra vez o que estaba delirando y me pasaba como en las películas, que por fuera deliran y en su interior están en bellas playas llenas de cocoteros. Bueno, yo, de momento, estaba en la puerta de mi escuela y no me había pasado nada estremecedor, así que me dije para mis adentros:

—Voy a entrar. Al fin y al cabo, si es un sueño qué más me da. Vamos a ver qué pasa.

Lo bueno que tienen los sueños es que un día entras a tu casa y te encuentras comiendo al presidente del Gobierno como la cosa más normal del mundo, o vas al parque del Ahorcado y allí está el Rey hablando con tu abuelo sobre la juventud de hoy en día. Lo digo porque a mí me ha pasado (en sueños).

Esperaba encontrarme en mi clase a Minerva, la chica del Tiempo de la tele que más gusta, pero la única que había en mi clase era la sita Asunción, en su sitio de siempre. La sita me sonrió de oreja a oreja y me dijo:

—¡Qué alegría verte por aquí, Manolito!

Entonces pensé que sí, que seguro que era un sueño, porque ese recibimiento mi sita no me lo ha hecho nunca en la cruda realidad. La sita también me dijo que se alegraba de que fuera el único niño trabajador de la clase que había decidido ir al colegio en ese día de huelga general que iba a hundir a España y que yo tenía la oportunidad de hacer todo lo que no había hecho el día anterior y que ella se sentaría conmigo en el pupitre y me ayudaría, y que así no acabaría siendo ese delincuente que todos esperaban.

Era un sueño. La sita Asunción se sentó conmigo en el pupitre y yo me quedé quieto mirándola. Prefería esperar a ver qué pasaba en aquel extraño sueño sin hacer nada. A lo mejor, de repente, la sita se quitaba la espantosa careta de sita Asunción y aparecía una cara maravillosa que decía:

—Hola, soy Minerva, la chica del Tiempo.

Pero, de momento, siguió siendo mi sita, la misma cruel sita de siempre:

—Saca los cuadernos, Manolito.

¿Qué es lo se que debe hacer cuando uno está dentro de un sueño y le manda algo la sita Asunción? Uno tiene la libertad de contestar: "No me apetece. Por favor, ¿le importaría dejarme vivir en paz con mis pensamientos?"; pero hasta en sueños soy un cobarde y dije:

—Es que estoy un poco lento, como he estado enfermo.

Saqué mis deberes. La sita me puso una lista de esas divisiones asesinas que acaban produciéndote daños irreparables en el cerebro. Iba por la tercera división cuando me entró una especie de sudor frío por la frente. Pensé: "Eso es que me voy a despertar", y también pensé que había que ser tonto para ponerse a hacer los deberes en sueños. Así que me dije a mí mismo que lo mejor era salir de allí y largarme al parque del Ahorcado para volar durante un rato sobre Carabanchel (Alto), que es algo que suelo hacer en sueños; pero antes de levantarme decidí hacerle una pregunta a mi sita, una pregunta que jamás me atrevería a hacerle a la luz del día. No podía dejar aquel sueño sin preguntarle...

—Sita...

—¿Qué, hijo mío?

La sita era mucho más considerada conmigo en sueños que en la vida real.

—Dice Yihad que el otro día, en clase, cuando usted paseaba por su lado entre las filas de pupitres, él tiró el boli al suelo para así tener que agacharse a recogerlo y poder verle a usted las bragas, y va diciendo por ahí que las bragas son negras. ¿Es verdad que son negras, sita? Porque yo pensaba que las señoras gordas sólo llevaban bragas blancas.

La sita del sueño se me quedó mirando paralizada. Un minuto, dos minutos... Me estaba empezando a aburrir, así que guardé las cosas en mi cartera y dije, bueno, pues me voy.

—Manolito, dile a tus padres que vengan mañana a hablar conmigo.

Lo dijo con su tono de siempre, y su frase aterradora se me quedó pegada en la nuca como una garrapata. Pero el miedo se me pasó enseguida. Al fin y al cabo, tener un pequeño susto mientras estás durmiendo es lo de menos.

Yo me fui sin decir nada, porque en los sueños uno ni se despide, ni saluda, ni da las gracias, ni pide por favor, ni todo ese rollo repollo. Vamos, te digo que yo personalmente en un sueño no pierdo el tiempo en esas cosas.

Me fui al parque del Ahorcado y dejé en el banco la cartera, que pesaba como si fuera una cartera de verdad. Estaba un poco mareado, así que pensé que el viento que me iba a dar en la cara durante el vuelo me vendría bien. Di un saltito como para elevarme. Nada: seguía pegado al suelo. Entonces, me subí al banco para intentarlo desde allí. A veces, en los sueños te cuesta despegar y vuelas a ras de suelo. Es normal, hay que darse un pequeño impulso. Eso hice, pero el banco tampoco funcionó y me fui al árbol. Es fácil subirse a nuestro A.A. (Árbol del Ahorcado) porque el señor Ezequiel nos dejó unas cajas de cerveza para poder auparnos. Cuando estuve arriba, de pie, en el árbol, me dio una especie de mareo mortal, así que tuve que sentarme y agarrarme de una rama, porque a mí caerme en sueños me resulta superdesagradable. Y una vez allí, abrazado a la rama, se me quitaron las ganas de volar, me empezó a entrar una tiritona que no podía controlar los dientes y se me chocaban tan fuerte los de abajo contra los de arriba, que se me movía toda la cabeza. Me parecía al perrito de adorno que lleva la Luisa en la parte trasera del coche y que cuando el coche se mueve parece que el perrito va diciendo que sí, que sí, que sí.

"La suerte que tiene mi abu, que cuando tiene frío se quita los dientes y así no se le chocan unos contra otros". Ése fue el último pensamiento que recuerdo. Ése y que cuando apoyé la cabeza contra la rama vi un corazón con las iniciales:

"Y & S V-S".

Y luego sentí la voz de mi madre que decía muy alto:

—¡Dios mío, Dios mío...!

Y la voz de Yihad:

—Es un esquirol, es un esquirol... Lo han visto que entraba en el colegio.

Y la del Orejones:

—¿Se va a morir?

Y la de mi abuelo:

—Angelico mío.

Soñé que era que me habían herido en la guerra y que me llevaban en una camilla hasta el hospital más cercano. De vez en cuando apoyaban la camilla en el suelo y me hacían polvo la espalda.

Cuando abrí los ojos estaba en mi cama. Me habían quitado las gafas, así que me costó un poco enfocar al que estaba sentado mirándome: era mi padre.

—¿Qué es un esquirol? —fue lo primero que se me vino a la cabeza.

—El que decide seguir trabajando aunque haya huelga.

—¿Y hoy hay huelga?

—Sí, hoy hay huelga general.

—¿Por eso estás en casa?

—Claro.

Mi padre me pasó la mano por la cara, la suya estaba muy fresca y mi cara supercaliente.

—Yihad dijo que yo era un esquirol porque fui a la escuela, pero yo creía que era un sueño y no sabía que había huelga.

—Tú no eres un esquirol, tú eres mi pobre enfermo. Ya hablaré yo con ese Yihad de las narices.

—Échate conmigo, así te pego la fiebre y mañana tampoco podrás ir a trabajar —y me eché para el rincón para dejarle sitio libre.

—Me parece muy bien, una buena gripe es lo que yo estoy necesitando.

En ese momento me entró uno de mis superataques terribles de frío febril y le dije que para que se me pasara tenía que abrazarme fuerte hasta hacer que me crujieran los huesos.

Tuvimos suerte y le pegué la gripe. Mi padre estuvo cuatro días malo, así es que durante el día los dos estábamos en la cama de matrimonio de mis padres. Según mi madre, fuimos los enfermos más plastas del mundo mundial, porque a todas horas queríamos que viniera a estar con nosotros. Muchas veces sólo lo hacíamos para ponerla rabiosa.

A mi padre también le entraban las frioleras corporales, así que, de vez en cuando, teníamos que auxiliarnos el uno al otro.

—Ya sabes, Manolito, hasta que me crujan los huesos.

Yo tenía que hacer mucha fuerza porque para que a mi padre le crujan los huesos hay que ser más fuerte que Schwarzenegger, pero él dice que lo hice tan bien y le calenté tanto el cuerpo, que en algunas ocasiones fui más eficaz que los antibióticos. El Imbécil se pasó los cuatro días pisoteándonos todo el rato con sus botas ortopédicas.

Mi abuelo me ha contado muchas veces (porque se lo pido), que la sita llamó ese día a mi casa para decirle a mi madre que yo me había vuelto loco y que andaba por la calle sin ton ni son. Mi madre y mi abuelo salieron a buscarme y me encontraron supertembloroso subido al árbol. No me llevaron en camilla de herido de guerra, claro, fue mi abuelo el que me llevó en brazos hasta casa, y como mi abuelo tiene los brazos delgados como un pájaro, de vez en cuando tenía que pararse para coger fuerzas y tragar saliva. El señor Ezequiel fue el que me subió por las escaleras de casa, porque mi abuelo se quedó sentado en el portal para que le hicieran la respiración asistida. Luego vino el doctor Morales y dijo que había perdido la cabeza porque tenía mucha fiebre, pero que la volvería a recuperar en cuanto me bajara. Y la recuperé, y entonces fue cuando te digo que abrí los ojos y vi a mi padre.

Aquélla fue la mejor enfermedad de mi vida, porque me tuvieron que cuidar mucho, mucho, mucho, sobre todo mi madre, que dijo que el momento peor que había pasado en su vida en este planeta fue cuando me vio moribundo en lo alto del Árbol del Ahorcado. Además de que convencí a mis virus para que atacaran a mi padre y dejarlo así en la cama conmigo toda la semana. A eso se le llama autocontrol corporal.

Pero el final de esta historia puede decirse que ocurrió el día en que volví al colegio. Ya no me acordaba muy bien del día de la huelga en que visité mi clase como si estuviera dentro de un sueño, pero Yihad me refrescó la memoria. Me dijo en voz baja desde el pupitre de atrás:

—Chivato, que le dijiste a la señorita que yo me había agachado para verle las bragas.

Yo me quedé pensando que nunca nadie me creería cuando contara que no lo hice aposta, y que Yihad se pasaría el recreo llamándome acusica delante de todo el mundo. Pero Yihad se me acercó otra vez a la oreja para decirme:

—Cómo mola, tío, cómo te atreviste a preguntarle a la sita por el color de sus bragas. A veces eres más chulo que yo, Gafotas, apúntate cien puntos. Y ¿qué te contestó?

Yo me volví emocionado porque era la primera vez que Yihad me tenía admiración. Resulta que era el tío más chulo de mi clase, más chulo que Yihad, más chulo que un ocho.

—No me contestó nada, se quedó muda de la impresión.

Nos empezamos a reír. La sita se puso delante de mi pupitre y, poniéndome la boca muy cerca de los ojos, me dijo:

—Manolito, hoy ya no tienes ni fiebre ni excusas para portarte mal, así que ándate con mucho ojo.

Ahí se acabó mi vida de superchulito de barrio. Me di cuenta de que con el miedo que le tenía a la sita, jamás podría ser ni como Yihad ni como los tíos del Baronesa Thyssen. Mi reinado en el país de los chulos había durado muy poco: Manolito el Breve, se me podría llamar.

Pero eso no quita para que un día a mí se me cayera el boli al suelo. Se me cayó de verdad, no lo hice a propósito. Eso sí, una vez que estaba agachado, me esperé hasta que la sita se acercó a la altura de mi pupite y miré para arriba. Luego, escribí una nota y se la pasé a Yihad:

"Mentiroso, que las tiene blancas".

Y él me contestó con otra:

"Serán otras vragas, Gafotas, no va a llevar siempre las mismas".

Estaba claro que Yihad siempre buscaba la manera de tener la razón. Como dice mi abuelo:

—Algún día llegará el momento en que tú le puedas cantar las cuarenta.

Al leer su nota me acordé de pronto de aquel corazón que había visto en una rama del Árbol del Ahorcado. Ahora caía en la cuenta: *Yihad y Susana Vragas Sucias.*

La *V* con la que estaba escrito *bragas* era inconfundible. Y yo me reí por dentro durante mucho rato, porque no sería el más chulo, pero dice mi padre que el que ríe el último ríe mejor, y el día en que por fin pudiera plantarle cara, ese día, no podría ni pegarle, ni insultarle, como él hacía conmigo, porque lo único que me iba a salir de la boca sería una risa de esas que te dejan tumbado en el suelo.

CAPÍTULO OCHO

Velázquez contra el sexismo

La sita Asunción nos repartió un día unos papeles que venían llenos de preguntas sobre qué nos parecían las niñas y a las niñas sobre lo que les parecíamos nosotros. Todos empezamos a escribir que muy bien, que nos comunicábamos mucho y que éramos grandes amigos, y que en los recreos lo pasábamos genial y jamás nos insultábamos. Pero la sita empezó a ver las respuestas y nos dijo que las tacháramos, y que pusiéramos la verdad verdadera, porque esa encuesta la mandaba el Ministerio de Educación, y a un Ministerio no se le puede mentir porque lo prohíbe la Constitución.

Empezamos a escribir otra vez, tapándonos el papel con el brazo porque estaba claro que lo que estábamos poniendo ahora era la cruda realidad, y claro, una vez que te piden que hables con sinceridad sobre tus compañeras, te emocionas y te faltan folios para escribir lo que piensas sin cortarte ni un pelo. El Orejones me dijo:

—Aparta el brazo, que no veo.

—¡Pero que esto no es de copiar, tío! Sólo tienes que poner lo que tú piensas de ellas.

—Es que pensar no me apetece.

¡Qué cruz!, con el Orejones no hay quien pueda. Se copió todo lo que yo pensaba de la Susana, de Jessica la ex gorda y de la niña nueva, Melody Martínez (M.M.), que todos los recreos se meten conmigo y empiezan a decirme:

—Gafotas, por qué no juegas con nosotras a la goma, que nos falta una. Total, si en el fútbol no te deja Yihad tocar el balón.

El Orejones copió esto tal cual. Así que tuve que corregirle:

—*Joé*, por lo menos no escribas "Gafotas", cámbialo por "Orejones".

Siempre es así, ha habido exámenes que me los ha copiado tan descaradamente que el tío ha puesto mi nombre y mis apellidos. Total, que en los controles tengo dos trabajos: hacer mi examen y corregirle luego el suyo, porque seguro que si la sita se da cuenta de que está copiado al pie de la letra, me echa a mí la culpa por dejarme. Como verás, esta vida se divide en dos grandes grupos: los que son culpables y los que son inocentes, y yo siempre estoy en el de los culpables. El Orejones, que tiene un morro que se lo pisa, está siempre en el de los inocentes. No sé por qué. Mi abuelo dice que una vez que estás en un grupo es muy difícil pasarse al otro.

El caso es que a todos nos encantó el ejercicio del Ministerio: aprovechamos para despacharnos a gusto y sacar a relucir todos los trapos sucios. Por primera vez en la historia de mi colegio, el Diego de Velázquez, seguimos escribiendo después de que sonara la sirena.

De vuelta a casa, nos fuimos contando los unos a los otros lo que habíamos puesto en el examen del Ministerio.

—Yo he contado cuando la Susana se chivó a mi madre de que cuando salía de casa me ponía el pendiente —dijo Yihad—. Por su culpa me estuvo controlando mi madre durante una semana yendo conmigo hasta la escuela.

—Y yo he puesto cuando M.M. me llamó Hormiga Atómica delante de los tíos del Baronesa Thyssen —dijo Mostaza.

—Y yo cuando me dicen que juegue con ellas a la goma porque en el fútbol no me dais pelota —dijo el Ore.

—¡Eso lo he puesto yo! —le grité—, encima de que me copias, no presumas, tío.

—Bueno, bueno, no es para ponerse así.

—Y al nene le pega la Melanie —dijo el Imbécil bastante indignado. A él siempre le gusta unirse a las conversaciones de los mayores.

—Pues eso tú te lo guardas en tu memoria y cuando dentro de unos años te hagan el examen los del Ministerio se lo plantas con letras bien grandes.

Está claro que soy todo un ejemplo vivo para mi hermano. El Imbécil se agarró de mi mano y me sonrió contento porque estaba en nuestro equipo, en el equipo A, en el equipo de los que tenían que sufrir todas las humillaciones del grupo B, el de ellas.

El grupo B (Jessica, la Susana, M.M. y tres más) pasaron por delante de nosotros sin decir ni hola. La Susana se volvió para decirle a Yihad:

—He puesto que fumas y que escupes de lado, como los del Baronesa, y que éstos te ríen la gracia —cuando la Susana hablaba de "éstos" se refería a Mostaza, al Orejones y a mí—. Seguro que del Ministerio llaman a tu madre.

—Y a mí qué, me chupa un pie. Si llaman a mi madre, llaman a la tuya para que te lave la lengua con lejía por las palabrotas que decías el otro día en el parque.

—¡Eso, eso! —dijimos nosotros, el gran equipo, el equipo A.

Cada grupo nos fuimos por un lado de la calle, manteniendo nuestras miradas inyectadas en odio durante unos metros. En el grupo A, iba en el centro Yihad; y en el grupo B, la Susana.

—No le he dado una patada porque no he querido, porque no quería cansarme —dijo Yihad.

A todos nos pareció superbien, para qué derrochar fuerzas. Ya llegaría el momento.

Cuando ya nos habíamos despedido, y el Imbécil y yo estábamos entrando al portal, Yihad vino corriendo:

—Oye, Gafotas, ¿las... preguntas de hoy... se las van a enseñar a nuestros padres los del Ministerio?

—Espero que no.

Todo el mundo esperaba que no, porque habíamos sido tan sinceros en nuestras respuestas que, cuando los del Ministerio leyeran los exámenes, verían que, tanto los del grupo A como las del grupo B habíamos aprovechado la ocasión para clavarnos los unos a los otros cuchillos en la espalda. Y no nos habíamos parado a pensar que aquellas terribles acusaciones estaban escritas con nuestros nombres y apellidos en el encabezamiento. En eso, los del grupo A y las del grupo B éramos igual de idiotas, hay que reconocerlo aunque duela.

El miedo nos duró tres días, lo que tardó en venir una señora del Ministerio. Mientras la sita nos presentaba a aquella señora, todos mirábamos para abajo, y casi se podía oír en el aire el ruido de nuestros dientes chocando unos contra otros del miedo que nos daba aquella mujer que tenía en sus manos nuestras hojas, las pruebas del delito. Pero la señora del Ministerio hizo algo que no esperábamos: nos dirigió una supersonrisa y nos dijo que entre todos íbamos a luchar para que los niños y las niñas del mundo fueran iguales. Arturo Román levantó la mano, y todos nos preguntamos: "¿Y éste qué querrá?"

—Señora, entonces, ¿no es usted policía?

La verdad es que hay que reconocerle a Arturo Román que siempre se atreve a preguntar lo que todos tenemos en nuestras mentes.

—¿Policía yo? —se echó a reír, y eso nos dio más confianza para seguir levantando la mano.

El siguiente fue Yihad:

—Señora, ella ha puesto que yo fumo, y sólo fue un día y porque los del Baronesa me dijeron que si quería probar.

—Es un mentiroso, señora —dijo la Susana levantándose—, porque sabe tragarse el humo y hacer anillos con la boca.

—Eso, eso —dijeron las del grupo B, que ahora eran todas las chicas.

—Y ella qué, señora —volvió Yihad a la carga—, ella le llamó al señor Solís "hijo de..." y lo que sigue, un día que el señor Solís la dejó en el patio por llegar media hora tarde.

—Yo no le llamé "hijo de... y lo que sigue".

—Sí que se lo llamaste —dijo el Orejones.

—No sé para qué tienes las orejas tan grandes si luego no te sirven para oír bien —le gritó la Susana.

—Será porque no se las lava —dijo Jessica la ex gorda.

—La que no te lavas eres tú, que llevas el mismo chándal de los 101 dálmatas desde que empezó el curso —todos aplaudimos el golpe bajo que le había dado el Orejones a Jessica.

—Ahora, en vez de 101 dálmatas parecen 101 dóberman. Mírelos, señora, están todos negros —esto lo dije yo.

Pero la señora llevaba un rato con la boca abierta, mirándonos por encima de las gafas de cerca que se le habían deslizado por la nariz, quedándose justo en la punta.

—Tú cállate, Gafotas —me dijo Jessica la ex gorda, enseñándome los dientes—, que todo el mundo sabe que eres un ladrón, que robaste en la panadería.

—Pero, señora —le expliqué yo a la del Ministerio—, por ese delito ya me castigaron, y por los delitos que ya te han castigado no tienes que volver a pagar.

—Eso es verdad, eso es verdad, señora —salió Yihad en mi defensa—, me lo ha explicado mi hermano cantidad de veces.

—Y su hermano sabe mucho de esto —le explicó Mostaza—, está en régimen abierto allí.

—Por robo con intimidación —gritó Melody Martínez.

—No, por robo a secas, que mi hermano es muy buena persona.

Todos le señalamos a la señora la cárcel, que se veía desde la ventana de nuestra clase.

La señora miró la cárcel, tenía los ojos superabiertos y levantó tanto las cejas que las gafas se le descolgaron del todo y se le cayeron. Todos nos tiramos a por ellas. Fue Yihad el que consiguió atraparlas en el aire.

—Tome, señora, casi se le rompen.

Yo nunca había visto a Yihad tan pelota, pero me alegraba, porque en este caso era el capitán del grupo A. Nos representaba a todos.

La señora tragó saliva y miró a la sita Asunción, que nos había escuchado sin hacernos mucho caso, porque ella está acostumbrada a que varias veces al día tengamos los roces normales entre compañeros.

—Bueno, niños, que esta señora no está aquí para perder el tiempo con tonterías. Los del Ministerio han leído vuestras respuestas y sois un ejemplo de mala educación en el planeta...

La sita siguió diciendo que nos habíamos distinguido entre todos los colegios por ser los más sexistas, que daba asco ver lo que pensábamos los niños de las niñas, y también las niñas de los niños, y que iban a intentar corregir nuestros comportamientos, aunque mi sita cree, y así lo dijo, que eso es completamente imposible.

La señora del Ministerio (que no era policía) nos dijo que iríamos todos a unos cursillos fuera del horario de clases para intentar que crezcamos en igualdad aunque no queramos.

La primera semana nos pusieron unos vídeos para que viéramos a una mujer y a un hombre trabajando en lo mismo y con los mismos uniformes. Eran siempre la misma mujer y el mismo hombre, que ahora salían de mineros y luego de médicos y luego de carteros, y ahí me quedé porque, como las luces estaban apagadas y este cursillo contra el sexismo era por la tarde, me quedé completamente frito. No fui el único: cuando encendieron las luces, tenía en un hombro la cabeza del Orejones y en el otro la de Mostaza. Por los ojos y los pelos que llevábamos todos al salir de clase, creo que nadie había aguantado más de cinco minutos viendo a aquella mujer y aquel hombre tan superperfectos haciendo de todo. A mí la gente tan lista me cae como un cuerno. En eso estuvimos todos de acuerdo (incluyo también al grupo B).

No se puede decir que aquel vídeo cambiara mucho nuestra idea de la vida vital. Se ve que por eso decidieron ponernos un tratamiento de choque. Unos días de la semana iríamos a clase de labores, y otros iríamos a clase de defensa personal. Y no se podía decir que no, estábamos obligados, porque el colegio Diego de Velázquez ¡tenía que luchar contra el sexismo!

La sita nos dio a elegir entre las posibles labores: haríamos un guardamedias, un guardacalcetines o una funda para el abrelatas.

En el grupo A elegimos todos el guardacalcetines y en el grupo B eligieron el guardamedias; la funda para el abrelatas sólo la eligió Arturo Román, que siempre va a su bola.

Hicimos una bolsa de tela de cuadritos y tuvimos que bordar la palabra: "Guardacalcetines". Todo el mundo se equivocó con las letras, a mí me salió "Guarracalcetines", pero al final no andaba tan descaminado porque yo le regalé la bolsa a mi padre, y mi madre, con muy mala intención, le dijo: "Aquí vas echando los sucios", así que mi padre se la lleva todas las semanas de viaje y cuando vuelve y la saca del equipaje, parece que dentro de la bolsa de cuadritos lleva un queso manchego.

Yihad quería regalarle la bolsa a su hermano, el de la cárcel, y le bordó la palabra: "Lima's", porque dice Yihad que si su hermano no se fuga es porque no quiere darle un disgusto a su madre, pero no porque no sepa. Lo malo fue que, cuando Yihad acabó de bordar la palabra, se dedicó a incordiar a los demás, y en cuanto que estabas desprevenido te pinchaba con su aguja en el culo. Sólo pinchaba a los chicos, claro. A Yihad le gusta hacerse el gracioso delante del grupo B, y el grupo B se moría de risa al ver cómo saltábamos del asiento cada vez que Yihad nos atacaba por sorpresa. Paquito Medina fue el primero que se atrevió a devolverle el pinchazo, pero no fue el último: cada tarde del cursillo de labores acabábamos buscando los culos de nuestros compañeros con la aguja al ataque y poniéndonos en nuestro propio culo la mano para no ser atacados. El grupo B se partía de risa y nosotros íbamos con cara de dolor buscándonos los unos a los otros y sintiendo que estábamos dejando de ser el grupo unido que habíamos sido en nuestros orígenes.

Pero el cursillo de labores no fue lo peor. La sita nos dejó en manos del profesor de judo para el curso de defensa personal. Como estábamos luchando por la igualdad de sexos, el profesor nos puso en parejas de niño y niña. A mí me tocó con Jessica la ex gorda. Sólo de verla con el traje de judoka que se puso la tía me eché a temblar, porque me miraba con una cara de "Por fin, ésta es la mía, Gafotas".

El profesor dijo que íbamos a ensayar una llave de aniquilamiento del contrario. Yo fui a decirle al profesor que si me podían cambiar de pareja, que si me podía poner con el Orejones, por ejemplo, porque yo sé que si me pone de pareja con mi amigo somos los dos tan mantas que seguro que acabamos en el suelo sin haber llegado a efectuar la terrible llave. No fui el único que se acercó al profesor para cambiarse de pareja, le rodeábamos seis o siete, del grupo A, eso sí. Pero el profesor nos miró con una sonrisa de maldad contenida y nos mandó a nuestros lugares de lucha.

Yo me toqué la goma que me sujetaba las gafas al cerebro porque me puse en lo peor: aquella bestia me rompería las gafas, fijo. Mi enemiga me dijo muy amable:

—Si quieres te las ato un poco más fuerte para que no se te caigan.

—Bueno.

La tía exgorda me dio una patada mortal que me dejó tumbado en el suelo.

Era mejor que nos hiciéramos amigos en los dos minutos que nos quedaban antes de la llave, algo que no habíamos conseguido en los tres años que llevábamos de compañeros.

¡Qué asesina!, me puso la goma tan apretada que parecía una enfermera del Samur haciendo un torniquete de urgencia. Se me quedó media cabeza roja y media blanca. Parecía del Athletic. Aunque en el fondo me vino bien porque perdí un poco el sentido. El profesor sádico nos dijo que nos pusiéramos en posición de ataque. Nos pusimos y yo pensé: "Para qué me voy a molestar defendiéndome, me quedaré como un muñeco y que me haga las llaves que quiera".

Además, mi padre me ha dicho cincuenta y cinco mil veces que a las niñas no se les pega ni se les hacen llaves criminales, aunque la niña sea alguien como Jessica. Eso me consolaría si yo pudiera hacerle una llave alguna vez a un chico, pero es que no tengo ni idea de cómo se gana una pelea.

Total, que la tía ex gorda me dio una patada mortal que me dejó tumbado en el suelo, en una postura que podríamos llamar de "aniquiliamiento total". Cuando volví en mí, porque entre la goma de las gafas y la llave me había quedado contando las estrellas del universo, miré para un lado y para otro y pude ver a muchos de mis compañeros, tumbados igual que yo. Parecíamos un ejército derrotado, el ejército del grupo A. La Susana puso el pie encima de la barriga de Yihad, que también había perdido, y levantó los brazos en señal de triunfo. Las demás la imitaron sin compasión. Esta escena se repitió durante las seis clases que dimos de defensa personal, y se ve que, como el profesor ya estaba harto de vernos hacer el mismo numerito de grupo B acabando con el pie en la barriga del grupo A, nos dijo que volviéramos sólo los que quisiéramos. A la tarde siguiente sólo volvió el grupo B, y estuvieron esperando media hora a que llegara alguien del grupo A para machacarlo. Pero al ver que ninguno de nosotros aparecía, le pidieron al profesor que les enseñara sus bíceps y el profesor les hizo una demostración muscular, porque es un chulito musculoso, lo sabe toda España.

A los pocos días de haber terminado nuestro tratamiento de choque, la señora del Ministerio volvió y repartió otras hojas para que le contáramos a las autoridades españolas cómo había sido nuestra experiencia en la lucha contra la diferencia entre los sexos. Y todos se lo escribimos con nuestra mejor letra. Por ejemplo, unos ejemplos:

A sido una esperiencia muy buena. Aora estamos mas unidos que antes. Gracias, Ministerio. Mi ermano dice que la carcel sería más dibertida si fuera mixta. *Yihad*

Las niñas son menos idiotas de lo que yo creía. *O. López*

Jamás me volveré a meter con ninguna de ellas. Me han pegado igual que me pegan los niños. *Manolito*

Les pusimos el pie en la barriga después de vencerles. Fue maravilloso. *Jessica, la ex gorda*

En el cursillo de labores fue genial: se atacaban los unos a los otros con las agujas. Son superdivertidos, aunque a primera vista parezcan imbéciles. *Susana B.S.*

Como verás, ya nadie estaba dispuesto a meterse en líos; además nos daba pena que la señora del Ministerio se fuera decepcionada, pensando que su tratamiento no nos había servido para nada. Ella fue leyendo por encima nuestros trabajos y por la sonrisa que le salió en la cara estaba supersatisfecha.

—No todo está perdido —le dijo a la sita.

—Usted no los conoce. La sita no cree que podamos cambiar en la vida.

La señora pasó sus ojos por todos los bancos de la clase.

—Espero que estos cursillos os hayan servido para daros cuenta de que las niñas y los niños podéis trabajar juntos, como amigos, como compañeros, de que no sois tan diferentes como vosotros creíais. Me doy cuenta de que todos los niños estáis en los pupitres de la izquierda y las niñas en los pupitres de la derecha.

Es verdad, llevamos así sentados desde hace tres años. Una línea invisible divide la clase en dos.

—Con permiso de vuestra sita, os propongo que os levantéis y os mezcléis. Ha llegado la hora de romper barreras. Venga, chicos, chicas, atreveos...

Nos costó un poco, la verdad, porque la sita nunca nos deja levantarnos en mitad de una clase.

—Yo creo —dijo la sita con cara de preocupación— que sería mejor dejar los cambios para otro momento.

—No, ellos han demostrado que pueden convivir: ¡adelante!

Fue Mostaza el primero en levantarse. Como es tan ligero, tomó impulso y voló sobre dos bancos en un salto que aplaudimos todos. Y luego ya nos levantamos a mogollón. Pasábamos por encima de los pupitres, pisando con nuestras botazas los cuadernos que estaban abiertos, chocándonos los unos con los otros, disfrutando de estar haciendo el bestia en plena clase y con el permiso del Ministerio en persona.

—¡Se lo dije, se lo dije! —gritaba mi sita— ¡Niños, delincuentes, que os quedáis sin recreo!

Había dicho la palabra mágica: recreo. Cada uno de nosotros buscó un sitio rápidamente y se sentó. Yo estaba sudando de lo bien que me lo había pasado y todos respirábamos muy fuerte por los choquetazos.

La señora volvió a tener la cara de aquel primer día en que había estado con nosotros: los ojos muy abiertos y la cara de susto. Miró para un lado, miró para otro, y comprobó lo que poco a poco comprobamos todos, que si momentos antes los niños estábamos sentados en las bancas de la izquierda y las niñas en las de la derecha, ahora estábamos igual pero al revés: los niños a la derecha y las niñas a la izquierda. Miré a mi compañero de pupitre: era el Orejones, como siempre. Todos teníamos el mismo compañero que antes pero en el lado contrario de la clase.

Han pasado tres meses desde aquello y así seguimos, y así seguiremos hasta que acabemos el colegio, hasta que acabemos con la sita o hasta que acabe ella con nosotros.

—Se lo dije —volvió a decirle la sita a aquella señora del Ministerio.

Ella tragó saliva, levantó las cejas y las gafas fueron deslizándose por su nariz hasta que se le cayeron, y esta vez nadie fue lo suficientemente rápido para atraparlas al vuelo, y todos, desde nuestros nuevos sitios, oímos el "cras" de los cristales contra el suelo. A todos, a los de una orilla y a los de otra, nos dio un poco de risa y un poco de pena, y es que había momentos en que, a pesar de la línea invisible que dividía la clase, el grupo A y el grupo B estábamos superunidos.

CAPÍTULO NUEVE

M.M.

Hace ya un mes que llegó a mi clase una niña nueva que tiene nombre de millonaria internacional, Melody Martínez. Vino a mitad de curso porque sus padres se han tenido que ir corriendo a hacer unos negocios en paradero desconocido. Se fueron tan deprisa que un día Melody Martínez llegó del colegio y se encontró una nota que decía: "Nos hemos tenido que ir", y Melody Martínez no sabía ni adónde se habían ido ni cuándo volverían, así que cogió su caja de cereales y cinco yogures, se sentó delante de la televisión y empezó a tragarse unos programas detrás de otros y a tragarse los yogures uno detrás de otro y se le hizo de noche y se quedó dormida.

Todo esto no me lo estoy inventando, nos lo ha contado con pelos y señales la propia Melody Martínez. La sita había dicho:

—No seáis cotillas y no la abruméis a preguntas, que os conozco.

No sé por qué dijo eso, porque, la verdad, somos unos niños superdiscretos. En el recreo hicimos como si la conociéramos de toda la vida, íbamos de un lado a otro disimulando, como si nos chupara un pie que hubiera una niña nueva llamada Melody Martínez. Pero fue ella la que nos provocó: sin cortarse ni un pelo ni dos, se puso en mitad del patio a hacer unas pompas con el chicle que eran casi tan grandes como la cabeza del Imbécil, por poner un ejemplo. Empezamos a rodearla lentamente; era increíble, ninguna de las pompas explotaba, ella las absorbía poco a poco y después masticaba varias veces para preparar la siguiente. Algunos empezamos a aplaudir porque la verdad es que se lo merecía, y ella va y nos dice:

—No me llaméis Melody, llamadme M.M., así es como llaman a un amigo de mi padre en las noticias del periódico.

—¿Y por qué sale el amigo de tu padre en el periódico? —le preguntó Arturo Román.

—Pues unas veces por una cosa y otras por otra.

Nunca habíamos conocido una niña tan misteriosa, así que, ya que Arturo Román había roto el hielo, la rodeamos y le empezamos a preguntar, como hacen los periodistas del telediario a la salida de los Altos Tribunales de Justicia.

M.M. nos dijo que mejor haría una rueda de prensa en la clase en nuestra hora de estudio. M.M. era una niña de mundo. Se sentó en el sitio de la sita y se puso unos cuantos rotuladores como si fueran micrófonos. Las preguntas que le hicimos fueron las normales:

—¿Tus padres siempre hacen los negocios en paradero desconocido?

—Casi siempre, pero al final acaban apareciendo por sorpresa o, a lo peor, les acaban encontrando.

—¿De qué equipo eres?

—Yo, del que gane.

—¿Quién te enseñó a hacer unas pompas tan alucinantes?

—El poli que me trajo a Carabanchel (Alto). Hicimos un concurso por el camino, gané y se mosqueó durante un buen rato...

Nos perdimos el recreo, pero habríamos perdido la vida entera, porque la rueda de prensa de Melody moló cincuenta kilotes de oro puro.

Te había contado antes que M.M. se quedó dormida delante de la tele, bueno, pues al rato... ¿te imaginas quién entró en su casa sin previo aviso? La policía, entró la policía, y Melody apagó la tele sin que le temblara el pulso y les enseñó la nota que le habían dejado sus padres. La policía estuvo mirando por todos los rincones de la casa, y dice Melody que hasta miraron en la cisterna del váter porque eran unos policías superdesconfiados. Un policía le dijo a Melody:

—Te tienes que venir con nosotros, aquí sola no te puedes quedar.

Y Melody le dijo al policía que no se iría de la casa si el policía no le escribía una nota a sus padres, por si volvían. Y el policía tuvo que escribírsela. ¡Vaya que si tuvo que escribírsela!

No os preocupéis por vuestra hija Melody,
que está con nosotros.

Firmado: La policía

Así mismo se lo tuvieron que escribir. Y Melody fue hasta su hucha del Pato Donald para sacar las dos mil pesetas que le había mandado su abuela por navidades, pero las dos mil pesetas no estaban, y sin cortarse ni un pelo les dijo a los policías:

—¿Quién me ha quitado lo que había en mi hucha?

—Me parece que te lo han quitado antes de que viniéramos nosotros —le contestó el policía.

Pero Melody dice que sus padres jamás tocarían la hucha del Pato Donald sin pedirle permiso, a no ser que se tratara de una urgencia. Quién sabe, porque hace ya casi un mes y medio que los padres de Melody no aparecen.

El policía que escribió la nota se llevó a Melody a la comisaría y allí le preguntaron si tenía más familia en algún sitio. Melody dijo que a ella no le importaba esperar a que sus padres volvieran el tiempo que fuera, pero la policía no te deja que estés esperando a tus padres cuando éstos se encuentran haciendo negocios en paradero desconocido, así que Melody tuvo que confesar que tenía una abuela en Madrid, en Carabanchel (Alto), que vivía cerca de una cárcel donde estaba un amigo de su padre (el que salía en los periódicos como M.M.).

El policía que escribió la nota, y al que a partir de ahora llamaremos Rodríguez-Rivero (no es un pseudónimo, es que se llama así), se la llevó esa noche a dormir a su casa. La mujer de Rodríguez-Rivero le dio a Melody de cenar y al día siguiente la vistió con ropa de su hijo, que era tres años más grande que Melody, así que Melody parecía completamente una payasa. La mujer del policía le dio unos cuantos besos de despedida como si le hubiera cogido mucho cariño, y Rodríguez se fue con ella a la estación y cogieron el primer tren para Madrid.

Por el camino, M.M. y R.R. jugaron con los dados que se había traído Melody en la mochila. Pero R.R. dijo que tenían que cambiar de juego porque no era normal que una niña de nueve años jugara al póquer mentiroso. Melody cree que lo que a Rodríguez no le parecía normal es que ella le ganara todas las partidas. Entonces Rodríguez le enseñó el secreto de hacer unas pompas espectaculares, hicieron un campeonato y Melody volvió a machacarle; así que Rodríguez le dijo a nuestra nueva amiga:

—Ahora mira el paisaje y cuenta los postes de la luz, que ya estoy mareado de tanta pompa.

Y Melody contó miles y miles y miles de postes de la luz hasta que oyó que llegaban a Madrid y Melody le gritó al policía, que se había quedado frito:

—¡Policía Rodríguez-Rivero, que ya estamos en Madrid!

M.M. no se acordaba muy bien de su abuela ni su abuela de ella, así que cuando se bajó del tren se echó en los brazos de una señora que pasaba por allí, y su abuela abrazó con lágrimas en los ojos a una niña mucho más pequeña que Melody Martínez que bajaba del tren. Eso es lo que les pasa a las abuelas, que si la última vez que te vieron tenías cinco años, cuando te vuelven a ver creen que vas a seguir teniendo cinco años, aunque hayan pasado ya veinticinco. Después de esta terrible confusión, Melody y su abuela se abrazaron y a Melody su abuela le pareció un poco vieja y un poco llorona, porque no paró de llorar mientras hablaba con el policía Rodríguez.

El policía R.R. le dijo a la abuela que la llamaría de vez en cuando para ver cómo estaba Melody, le hizo prometer a M.M. que se portaría bien y obedecería a la abuela, y le hizo prometer a la abuela que la cuidaría para siempre.

Antes de despedirse, el policía R.R. le dio a Melody un billete de dos mil pesetas y Melody le dijo en voz baja al oído:

—¿Así que habías sido tú, eh, pillín?

Y R.R. la miró como si no entendiera la indirecta, haciéndose el loco. Pero vamos, Melody dice que se lo perdona porque, como dice su padre: "Hasta los policías tienen tentaciones".

Así es cómo Melody Martínez llegó a Carabanchel (Alto). La sita nos dijo que teníamos que ser sus amigos desde el primer día porque la vida de Melody no había sido fácil, pero a Melody no le hacía falta que nadie le cubriera las espaldas. A los quince días de estar en clase, se vino hasta el rincón del recreo donde estábamos revolcándonos como monos el Mostaza, yo y el Orejones, y nos dijo:

—Que si queréis venir a mi fiesta de cumpleaños mañana.

Dijimos que sí, claro, a un cumpleaños nadie dice que no, por lo menos en mi colegio. Lo que nos intrigaba era por qué nos había elegido a nosotros tres con lo poco que nos conocía.

—Será por el físico —dijo el Orejones.

—Yo que pensaba que éramos los más feos de la clase —dijo Mostaza.

Pero no, llegamos a la conclusión de que éramos un Gafotas, un Orejones y un Mostaza, el más bajo de la clase, pero de ninguna manera los más feos. Tendrías que ver a algunos de mi curso, los hay de exposición universal.

Total, que al día siguiente subimos los tres supercortados a casa de nuestra nueva superamiga. Nos abrió la puerta su abuela. Ya la conocíamos porque es compañera de mi abuelo en el Hogar del Pensionista. Es muy simpática, aunque, a veces, sin venir a cuento, llora, y te deja que no sabes dónde mirar. Pero salvando ese defectillo, mola cinco kilogramos de Ferrero-Rocher. La abuela había preparado un cumpleaños un poco raro, porque había puesto en la mesa unas gambas, unas sardinas en aceite, berberechos y en ese plan. Parecía que estábamos en el Tropezón, pero, vamos, nos lo comimos todo sin dejar rastro (de comida). Todos llegamos a la conclusión de que tal vez había llegado el momento de abandonar esos cumpleaños de los típicos sandwiches secos de foiegras y queso. Este cumpleaños marcaba un antes y un después en nuestra vida. Luego salió la abuela con la tarta y las velas, y M.M. le dijo:

—Que no son ocho, abuela, que cumplo nueve.

Y la abuela empeñada en que cumplía ocho, así que primero apagamos las ocho y luego las nueve. Melody nos explicó en un rincón:

—Es que como cuando nací, mi madre no se lo dijo, se hace un lío la pobre.

Llamaron a la puerta. Eran Yihad y la Susana, que se invitaban por el morro: ellos no pueden soportar que alguien no los elija como amigos. Melody estaba supercontenta de que hubieran venido y su abuela también. M.M. puso una cinta de las Spice Girls y dijo que teníamos que bailar en parejas. Nos miró uno por uno y... ¿a que no sabéis a quién sacó a bailar? A ese niño conocido en el mundo mundial como Manolito García Moreno, *Gafotas*. La Susana sacó a Yihad y el Orejones sacó al Mostaza (el que no se conforma es porque no quiere).

Melody dijo que el baile consistía en dar tres saltos al aire y dar un pequeño cabezazo a tu pareja, un poco al estilo de las cabras montesas. A Melody le encanta bailar conmigo, no quiso bailar con otro en toda la tarde, así que volví a mi casa con el labio de arriba superhinchado porque Melody daba los cabezazos con mucho ritmo. Cuando salimos de su casa, la Susana me dijo:

—¡Cómo te ha puesto el morro!, parece un pimiento.

Lo dijo muerta de envidia, porque sabe que M.M. le ha robado mucho protagonismo.

Me miré en el espejo de mi portal: era verdad, tenía los labios que parecía un watutsi, pero estaba supercontento porque Melody Martínez estaba por mí, eso lo sabían hasta los chinos de Rusia. Mi madre se puso a gritar:

—Pero, ¿qué te ha pasado en el morro?

—Que me he caído bailando.

—Manolo, a este niño hay que cambiarle las gafas, porque no es normal que se tropiece tanto, a no ser que sea un patoso incurable, entonces ya me callo.

Me puso una pomada para que se me bajara el pimiento labial, y el lunes, cuando volví a la escuela, ya estaba casi normal (el labio; yo estaba como siempre). El Orejones ya se había encargado de contarle a todo el mundo lo del baile de las Spice Girls, así que tuve que soportar que Óscar Mayer y otros me dijeran en el recreo:

—¿Vienes con nosotros o te quedas con M.M.?

Envidia podrida, eso es lo que siente la humanidad por mí. A la salida de clase, Melody se vino con el Orejones y conmigo por el camino. Era muy raro, porque no sabíamos de qué hablar; la verdad es que nosotros nunca tenemos temas interesantes, pero no nos importa aburrirnos juntos porque somos grandes amigos. Pero a Melody tampoco le importaba, nos iba contando su vida en capítulos coleccionables, que si había vivido en diez casas, que si un año no fue al colegio. Nosotros no decíamos nada porque siempre hemos sido unos niños con una vida muy simple, con la misma casa y con el mismo amigo. Melody me quiso acompañar hasta mi mismo portal y allí me dijo que por qué no iba a su casa esa tarde.

—Bueno, pero no le digas a nadie que me has invitado, porque se harán los graciosos conmigo.

En eso quedamos. Su abuela rara me abrió la puerta y nos sacó de merendar un vaso de leche y unos trozos de turrón, aunque estábamos en abril, y yo pensé: "A lo mejor nos hace cantar un villancico", pero no nos lo pidió. Que conste que yo, si me lo llega a pedir, lo canto. Sólo dijo, señalando el turrón:

—Hace tres años que lo tengo ahí muerto de risa...

Melody Martínez me enseñó su habitación. No había mucho que ver: una cama, una percha y una silla, pero Melody me dijo que era la primera habitación de verdad que había tenido en su vida, y que ésa sería su habitación para siempre, porque el policía R.R. le había hecho prometer que cuidaría de su abuela y que no se separarían nunca.

—¿Y cuando vuelvan tus padres?

—Da igual —dijo M.M. tirándose en plancha en su cama—, yo nunca dormiré en otro sitio que no sea esta habitación.

Melody se quedó un rato sin decir nada y luego me dijo muy bajito, como si se tratara de un gran secreto:

—¿Quieres que te enseñe a mi padre?

Entonces se metió debajo de la cama. Por un momento pensé que lo tenía ahí debajo, escondido. Melody salió con los pelos revueltos y un sobre, nos sentamos los dos en la cama y Melody sacó del sobre una foto de un señor superserio con bigote y gafas.

—Es éste.

Luego sacó otra foto de un señor con barba y medio pelirrojo.

—Y éste también.

Luego otra de un señor rubio sin barba ni bigote y que parecía mucho más joven y menos serio.

...estaba por mí, eso lo sabían hasta los chinos de Rusia.

—Y éste.

Y otra con el pelo más largo y otra con el pelo rapado.

—¡Cómo mola! —le dije yo—. Si parece que tienes veinticinco padres.

—Y aquí está mi madre.

La madre de Melody no parecía una madre, parecía una chica, pero no una madre, era como Melody pero en grande.

Melody metió todas las fotos en el sobre y las volvió a guardar debajo de la cama.

—Es que mi abuela no las quiere ni ver, está muy enfadada con ellos porque se fueron sin avisar y me dejaron sola. Ya se le pasará.

Yo no podía imaginar que mis padres desaparecieran de repente. Una vez mis padres se fueron solos a pasar un fin de semana y mi madre llamaba cada cinco minutos para ver si habíamos cerrado el gas, si la leche se nos había salido del cazo o para preguntar si el Imbécil se había atragantado mortalmente. Y mi padre no está en casa de lunes a jueves, pero llama casi siempre dos veces al día y sabemos que el viernes entrará pegando un bocinazo mortal con el camión por la esquina del Tropezón. Pero Melody Martínez no parecía muy triste con su habitación nueva y esa abuela tan rara que comía turrón en abril.

Como dije al principio de los tiempos, ya hace un mes que Melody Martínez llegó a Carabanchel (Alto), pero parece que hubiera estado con nosotros toda la vida. La verdad es que, por un lado, mola mogollón que una niña con una vida tan importante se haya quedado conmigo, aunque tiene sus inconvenientes. Uno de ellos es que M.M. es superbruta. No lo hace con mala intención, ya se lo ha dicho la psicóloga, la sita Espe, a su abuela; si te da un empujón es porque te quiere y no sabe controlar sus grandes, sus enormes sentimientos. Claro, que también puede ser que te dé un empujón porque quiera pelea. Vamos, que todo lo demuestra a empujones. El otro día, estábamos jugando a la peste bubónica en el recreo y Yihad me dio un cachetazo en la espalda y me tiró al suelo. Lo de todos los días, lo normal entre compañeros. M.M., que lo vio, vino desde la otra punta del patio, se encaró con Yihad y casi lo mata a puñetazos. Se la tuvimos que quitar de encima porque estaba como loca. Todo fue por defenderme. Yihad no me habló en todo el día y yo tuve que pedirle a M.M. que no me defendiera tanto, porque mis amigos me iban a mirar raro.

A veces pienso que hubiera sido mejor haberle gustado a una niña que fuera más normal que M.M., parece que en vez de una amiga tengo un guardaespaldas. Y no sé cómo hace, pero siempre que se me acerca me da en la cara, o de la risa me arrea un terrible cabezazo. Mi abuelo dice que hay amores que matan, así que yo espero sobrevivir al terrible cariño que me tiene M.M., porque, aunque no te lo creas, todavía me quedan miles de cosas que contarte, pero hoy no puedo, el Orejones y yo hemos quedado con Melody en el descampao de al lado de la cárcel, porque ella nos va a enseñar a fugarnos de cárceles de alta seguridad, y ella de eso lo sabe todo. Se lo ha contado su padre, que, por cierto, ya ha aparecido, y está dentro de una de ellas.

TÍTULOS DE LA COLECCIÓN

MANOLITO GAFOTAS

POBRE MANOLITO

¡CÓMO MOLO!

ALFAGUARA

LOS TRAPOS SUCIOS

MANOLITO ON THE ROAD

YO Y EL IMBÉCIL

ALFAGUARA

Este libro se terminó de imprimir
en los Talleres Gráficos de Rógar, S. A.
Navalcarnero (Madrid), en el mes
de agosto de 2001.